小学館文庫

若殿八方破れ（一）

鈴木英治

JN019982

小学館

目次

若殿八方破れ（一）

登場人物

真田《さなだ》俊介《しゅんすけ》　信州松代《まつしろ》真田家跡取り。

真田信濃守幸貫《しなののかみゆきつら》　俊介の父。真田家当主。

大岡勘解由《おおおかかげゆ》　真田家国家老《くにがろう》。幸貫の側室《そくしつ》の父。

真田力之介《りきのすけ》　真田家次男。俊介の異母弟。勘解由の孫。

海原伝兵衛《かいばらでんべえ》　真田家二代に仕える爺。家中一の忠義者、俊介の守り役。

寺岡辰之助《てらおかたつのすけ》　真田家家臣。海原伝兵衛とともに俊介の世話をする。

田川新之丞《たがわしんのじょう》　真田家江戸屋敷目付頭《めつけがしら》。母は珠世《たまよ》。

皆川仁八郎《みながわじんぱちろう》　俊介が修業する奥脇《おくわき》流道場の師範代。道場主は東田圭之輔《ひがしだけいのすけ》。

池部大膳《いけべたいぜん》　江戸幕府大目付《おおめつけ》。次男に興之助《こうのすけ》がいる。

似鳥幹之丞《にとりみきのじょう》　浪人。やくざ峨太郎《がたろう》一家の用心棒。

弥八《やはち》　遊び人らしき謎《なぞ》の男。

おきみ　錺《かざり》職人時三郎《ときさぶろう》とおはまの一人娘。

築地悌蔵《ついじていぞう》　江戸南町奉行所定廻《じょうまわ》り同心。

福美《ふくみ》・良美《よしみ》　姉妹。筑後久留米有馬《ちくごくるめありま》家の姫。

第一章　凶刃

一

ほほえんでいる。

その笑顔を見て、真田《さなだ》俊介《しゅんすけ》は安堵《あんど》した。亡き母と思える女性《にょしょう》はなにもいわないが、人に親切であれ、優しくあれ、と常にせがれに説いているような気がしてならない。

母が笑顔でいる限り、自分はその道から外れていないということだろう。

俊介は寝返りを打った。

目があくと同時に、真っ黒な影が躍りかかってきた。影の右手あたりに、かすかに白い光が浮いている。

俊介は跳ね起き、掛布団を素早く取り上げると、体の前に突きだすようにしてぎゅっと絞り込んだ。どすん、と布団が鈍い音を立て、重い衝撃とともに内側にたわむ。俊介は、布団を持つ両手に思い切り力を込めた。

丸みを帯びた三角のものが、布団を突き破って伸びてきた。目の下に刃物の切っ先がある。光の筋を帯びた冷たい切っ先は胸まで一寸ほどの距離を残して止まったが、なおも前に進もうと蛇のように身をよじっていた。俊介は布団を目一杯に絞り上げ、それ以上の侵入を許さなかった。

音もなく切っ先が引き抜かれる。右手に回り込んだ影が刃物を振り下ろしてきた。この寝所《しんじょ》に明かりが揺らめいているわけではないが、俊介の目には、逆手《さかて》に匕首《あいくち》を握る賊の姿がくっきりと映り込んでいる。賊は深くほっかむりをしていたが、目だけは獣のようにぎらついていた。

さっと布団を放した俊介はうしろに跳び、匕首をかわした。だが、俊敏な賊はすでに匕首を腰だめにして走り寄ってきていた。

咄嗟《とっさ》にしゃがみ込んだ俊介は敷布団をぐいっと引っ張った。賊は手を上げてよろめいたが、すぐさま体勢を立て直し、再び突進しようとする構えを見せた。

賊の体勢の崩れを見逃さず、俊介は逆に突っ込んでいった。匕首が横に払われる。俊介は腰をかがめた。

匕首は髷《まげ》を飛ばさんとする際どさだったが、恐怖は感じなかった。俊介は賊の匕首を完全に見切っていた。

がら空きの胴に飛びかかり、賊に組みついた。賊の右手も同時につかみ、匕首を自由にさせないようにする。

賊を布団の上に押し倒してねじ伏せようとしたが、賊の体は妙に柔軟で、あっさりと俊介の腕を逃れた。筋骨や関節が猫のようにしなやかで、つかみどころがなかった。

布団の上の俊介を、賊が冷たい目で見下ろしている。だがそれも一瞬で、逆手に握り込んだ匕首を突き下ろしてきた。

俊介はそれを待っていた。布団を転がって匕首をかわすや、賊の手を両腕できつく抱き込み、すっくと立ち上がった。背後に回って、賊の腕をぐいっとねじり上げる。

ほっかむりのなかの賊の顔がゆがむ。匕首が、手のうちからぽろりとこぼれ落ちた。これだけがっちりと決まっていれば、いくら体が柔らかくても逃げようがあるまい。

「観念しろ」

いい聞かせるようにささやいて、俊介は賊の腕をぎりぎりと締め上げた。

「何者だ」

力をゆるめることなく、賊にただす。こちらをちらりと向いた賊が、ほっかむりのなかでにやりとしたのがわかった。

見えているのは横顔だけだが、見覚えはない。さらに強く腕をねじり上げた。さすがの賊も苦しげに身もだえをする。

この様子なら名くらい白状するかと俊介が思ったのもつかの間、すっと縮んだ賊の体がするりと腕のあいだから抜けた。話に聞く忍びの者のように、肩の関節を外したのかもしれない。身もだえしてみせたのは、関節を外すためだったのだろう。

俊介の腕を逃れた賊は跳躍し、一間《いっけん》ばかりの距離をとった。それから自らの右の肩をねじった。関節がはまったのを確かめるように腕をぐるぐる回す。

いつの間に拾い上げたのか、賊は匕首を左手に握っていた。腰を落とし、瞬《また》きのない目で俊介を見つめる。

こいつはいったい何者だ。どうしてこんな男に狙われねばならぬ。

俊介は呆然《ぼうぜん》としかけたが、すぐ我に返った。捕らえ、すべてを吐かせればよい。それでどういうことか知れる。寝巻姿の丸腰だが、俊介はかまわず賊に飛びかかった。

冷静に間合を計ったかのように、賊が匕首を突き出してきた。それを予期していた俊介は軽やかに横に回り、賊の顔面に拳《こぶし》を浴びせようとした。顎《あご》を打ち、気絶させるつもりだった。気絶しないまでも、人というのは顎を打たれると、ひどくふらつくものだ。たいていの場合、立っていられなくなる。

だが、賊も拳を難なくかわし、またもや匕首を繰り出してきた。これまで以上にその匕首は鋭く、速かった。

それでも、俊介には匕首の動きがよく見えていた。頭を小さく動かしてよけ、ためらいなく踏み込むや、拳を腹に叩《たた》き込んだ。鍛え上げられた体で、腹も鎧《よろい》を着込んだように堅かったが、賊から、うっとかすかなうめき声が漏れた。

もう一発、腹に見舞ってから、俊介は肘を振り上げ、賊の顎を狙った。だが、それは顔をそらした賊によけられた。

二歩ほど下がった賊が、燃え盛る目で俊介をにらみつけてきた。息を入れるように胸を上下させると、憎々しげに唇を嚙《か》んだ。直後、さっときびすを返した。あいている腰高障子の隙間を通り抜け、あっという間に廊下に飛び出した。

逃がすものか。

賊が庭に飛び降りる。まだ夜明けまではかなりのときがあり、あたりは真っ暗だ。空には雲が出ているようで、月の光は感じられないが、その代わりに雲間で瞬く星の明かりが庭木をほのかに照らしていた。その光を背中に受けた賊が塀めがけて駆けてゆく。

俊介は賊の二間あとを走った。じきに夏を迎える頃とはいえ、夜更けの大気はひんやりとしている。どこからか盛りのついた猫の声がしている。それがずいぶんと場ちがいなものに聞こえた。

賊との差はまったく縮まらないが、みるみるうちに塀が近づいてくる。まるでその塀が目に入っていないかのように、賊の足はゆるまない。

まさか体当たりするつもりではあるまいな。俊介がいぶかしんだ次の瞬間、高さ一間は優にある塀の前で賊が身を躍らせた。

むささびのような影が塀の上に浮かんだが、それも一瞬にすぎなかった。賊は手すら使わずに塀を越えてみせたのだ。着地の音は耳に届かなかった。

遅れて塀に取りついた俊介は、一気にのぼろうと試みた。だが、体を伸び上がらせた瞬間、顔に向かって匕首が突き出された。かろうじてよけたものの、さすがに肝が冷え、塀から手を離さざるを得なかった。

地面に降りた俊介は、塀の向こう側の気配をうかがった。賊は今もそこにいて、こちらが塀を乗り越えようとするのを待っているのか。それとも、駆け去ったのか。

判然としなかったが、ここでじっとしているのは賊の脅しに屈したようで業腹《ごうはら》だ。俊介は両手を伸ばし、素早く、だが注意深く塀をのぼった。襲いかかってくる者はいなかった。賊は姿を消したようだ。俊介は息をつき、塀の上に座り込んだ。

眼下に、左右に走る道がほの白く見えている。左右を眺め渡したが、人の気配はどこにもない。

目の前の道を左に行けば潮見坂《しおみざか》につながり、右手はまっすぐ進めば千代田《ちよだ》城の堀にぶつかるが、そちらは途中に辻《つじ》番所が設けられている。だが、詰めているのは年寄りだけに、残念ながら役に立つとはいえない。

川柳にも『辻番は生きた親父《おやじ》の捨て所』と揶揄《やゆ》されているくらいである。やはり賊は楽々と逃げ去ったのだ。今から追いかけたところでどうにもならない。

くそう。口中で俊介は毒づいた。

深夜ということもあり、屋敷の前を通りかかる者は一人としていない。わずかに風が梢《こずえ》を騒がせるだけで、あたりは深閑《しんかん》とした静けさに覆われている。猫の鳴き声もやんでいる。

ふう、と大きく肩を上下させて俊介は腕組みをした。燃え盛るようだった目を思い出す。

あんな目で見られたことは、これまで一度もなかった。あれは、まちがいなく憎しみに満ちた瞳であろう。どうして、あのような目で見られなければならぬのか。

まちがって襲われたということはないのか。だが、剛胆にも大名の上屋敷に忍びこんできた者が標的を見誤るとは思えない。あの男は、自分を真田俊介と知って狙ってきたのだ。

それにしても、やつはどうしてこちらの寝所を知っていたのか。屋敷内の事情がわかっていない限り、俊介の寝所である離れを選んで忍び入ることなどできはしない。あるいは、事前に何度か忍び込み、屋敷内を調べて回ったのか。あやつの腕なら、それぐらい朝飯前だろう。

もともと自分は、命を狙われてもおかしくない境遇にいる。なにしろ、大名家の跡継なのだから。

真田家の若殿である真田俊介をこの世から排することができれば、得になると考える者は、家中にもごまんとおろう。

たとえば、国家老の大岡勘解由《おおおかかげゆ》などどうだろうか。あの男はときたま所用で江戸に出てくるから、顔は知っている。

勘解由の娘が俊介の父である真田信濃守幸貫《しなののかみゆきつら》の側室で、一子を生んでいるのだ。俊介の異母弟である力之介《りきのすけ》は国元の信州松代《まつしろ》において、大事に育てられていると聞く。俊介より五つ下の十四歳である。

俊介は首を振った。いくらなんでも考えすぎだろう。

仮に勘解由に、孫を真田家の当主の座につけたいとの野心があるにしても、忍びのごとき業前《わざまえ》を持つ刺客を、いきなり送り込むような乱暴な真似《まね》はせぬのではあるまいか。

二

塀の上から、俊介は屋敷のほうを見渡した。

屋敷内は静かなものだ。今は父の幸貫も参勤交代で江戸に出てきており、上屋敷は人で満ちているが、誰一人として先ほどの騒ぎに気づかなかったようである。

賊は声を発せず、俊介自身もほとんど声を上げなかった。実をいえば、自分の身を守るのに精一杯で、声すら出せなかった。

それだけ目の前の戦いに集中していた証《あかし》ともいえるが、やはり冷静さを欠いていたのだろう。大声を上げれば、大勢の家臣が駆けつけて、賊を捕らえることもできたはずだ。

常にそばにいる寺岡辰之助《てらおかたつのすけ》がいればまたちがう結果になっていたのだろうが、昨日の夜明け前から用事で出てもらっている。まさか命を狙われるなど思いもしなかったから、辰之助の代わりの者を置くことも考えなかった。

だが、今は大きな騒ぎにならなかったことを喜ぶべきではないか。

不意に、鰹《かつお》だしのにおいがふんわりと漂ってきた。夜鷹蕎麦《よたかそば》の屋台が近くに来ているのだ。いつものように、千代田城の堀に架かる新《あたら》シ橋《ばし》の袂《たもと》だろう。

俊介は懐に手を当てた。寝巻姿だから、金はない。塀を飛び降り、離れに戻る。ずしりとした財布を手にし、なかをあらためた。三百文は優にありそうだ。一杯十六文の蕎麦切りなら、二十杯近く食べられる。

先ほどの争闘が今もきいているのか、ひどく腹が減ってならない。

用心のために腰に刀を差し込んで、離れをあとにした俊介は、庭を足早に突っ切った。塀を乗り越える。これまで何度も同じことをしているから慣れたものだが、手をつかずに塀を越えるような離れ業は自分にはできない。

あの男は何者なのか、という疑問がまたもわき上がる。

辻番所の前を通った。灯《あか》りはともっているが、なかで二人の年寄りが居眠りしている。俊介は角を右に曲がり、上屋敷の門の前を過ぎた。

すでに瞳には、提灯《ちょうちん》の光が映り込んでいる。

「親父、熱いのをとりあえず二杯くれ」

樽《たる》に腰を下ろして所在なげに煙草《たばこ》をふかしていた親父に声をかけた。

「いらっしゃい」

親父が笑顔で、かけ蕎麦をつくりはじめる。

すぐに一杯目が供された。

「ありがたい」

俊介は小気味よい音を立てて、蕎麦切りを手繰《たぐ》りはじめた。

「相変わらずうまいなあ」

感謝の意を込め、心からいう。

「ありがとうございます」

親父がぺこりと頭を下げる。

「やはり、夜鷹蕎麦ではもったいないくらいの蕎麦切りだ。金は順調に貯《た》まっているのか」

「ええ、おかげさまで」

二杯目をつくりながら、親父が笑顔で答える。この親父はいずれちゃんとした店を持つことを夢見て、商売に励んでいる。いつか夢をかなえたとき、客に喜んでもらえる蕎麦切りを出せるようにと、今はとにかく腕を磨くことだけを考えている。この屋台では、いま親父がつくり得る最上の蕎麦切りを提供してくれているのである。

これだけの蕎麦を十六文で出すのはさすがに苦しいだろうということで、俊介はいつも多めに勘定を払うことにしている。

俊介が一杯目を食べ終えようというとき、一人の浪人がのそりと顔をのぞかせた。

「一杯くれ」

目がぎょろりと大きく、両の頬がたっぷりとしている。肩幅があり、がっちりとした体は、着物の上からでも鍛え込まれていることが、はっきりと伝わってくる。男は人を威圧する雰囲気を身にまとっており、俊介は知らず息苦しさを覚えた。

「は、はい、ただいま」

浪人が、俊介のためにちょうどできたばかりの蕎麦切りに目をとめた。

「そいつをよこせ」

「あっ、いえ、これはこちらのお客さまのものです」

親父が俊介に丼《どんぶり》を手渡そうとする。

「いいからよこせというんだ」

浪人が丼を奪い取った。割り箸を咥《くわ》えて割るとさっさと食べはじめる。

ずいぶん乱暴なことをする男だな、と俊介は思った。だが、この浪人は相当できる。人を威圧する力は、そこから出ているのだろう。剣の腕に関し、自分など足元にも及ばないのではないか。

それだけの腕を持つ浪人が、この深更にどうしてこんなところにいるのか。しかも人の蕎麦切りを横取りするなど、無礼が過ぎるのではないか。侍なら礼儀を幼い頃から身につけさせられるが、浪人だけにそういうしつけを受けてこなかったのだろうか。

「なんだ、文句でもあるのか」

ずるりずるりと蕎麦切りを盛大にすすりつつ、浪人が俊介をじろりとねめつける。

俊介は空の丼の上に箸を置いた。

「おぬし、いつも今のような真似をしているのか」

「やはり文句があるのだな」

「ただきいているだけだ。どんな心の持ち主なら、そんな真似ができるのかとな。おぬしにも父や母はいただろうに、人としての作法を教えてもらえなかったのか」

浪人が丼のなかに箸を投げ捨てた。蕎麦切りは半分以上も残っている。

屋台の親父は黙って俊介の蕎麦切りをつくりはじめていたが、剣呑《けんのん》な雰囲気に、こわごわと顔を上げた。

「若造、殺されたいのか」

凄《すご》みのきいた声で浪人がにらみつける。俊介は微笑した。

「殺せるのか、おぬしに」

「うぬなど一瞬で殺《や》れる。うぬは死んだことすらわからぬ」

「ならば、やってみるか」

俊介は平然と背筋を伸ばした。浪人がにやりとする。

「おもしろい。わしはかまわぬ。鬱憤《うっぷん》払いにはちょうどよい」

「いえ、お、おやめください」

親父があわてて止めに入った。屋台を回り込み、蕎麦切りの丼を俊介に持たせる。

「お待ちどおさまでした。どうぞ、熱いうちに召し上がってください」

俊介は両手で丼を持ちながら、浪人をねめつけた。腕組みをした浪人が、くくくと笑う。すぐに笑みを消した。

「なかなかいい目をしているではないか。何者か知らぬが、度胸はありそうだ。だがな若造、度胸だけではこの世は渡っていけぬ。腕がなければ、若死にするだけだ。今のうぬの腕はあまりに中途半端だ。もっと腕を上げぬと、長生きできぬぞ」

いい捨てて浪人がきびすを返す。三歩行ったところで、くるりと振り向いた。

「若造、わしの蕎麦代はうぬが払っておけ。この付けは、いつか必ず返すゆえ。承知か」

「いえ、お勘定はけっこうですよ」

「あるじ、太っ腹だな。だが、その若造からもらっておけ。よいな」

肩を一つ揺らした浪人の背がゆっくりと闇に溶け込んでいった。

知らず、俊介の口から深い息が漏れる。喉がひどく渇いていた。

「親父、あの浪人、よく来るのか」

声がかすれないようにつとめた。

「はい、ときおり」

そうか、と俊介はいった。もはや食い気は失《う》せていたが、手のうちの蕎麦切りを食べはじめる。まるで土と一緒に食しているようで、蕎麦切りの味は全然わからなかった。

「今の浪人が何者か存じているのか」

　蕎麦切りを食べ終えた俊介はたずねた。

「もしかしたら、用心棒をしていらっしゃるのかもしれません」

　丼を桶《おけ》の水で洗いながら、親父が答える。

「近くに賭場があるんですよ。近所のお寺で開かれているんですが」

「近所の寺というと、日吉山王大権現社《ひよしさんのうだいごんげんしゃ》のほうか。あそこには、社僧の暮らす神宮寺《じんぐうじ》がいくつもあるが」

「あちらのほうではあるんですが、神宮寺ではありません。山王門前町にありまして、気づかなければ通り過ぎてしまうような本当に小さなお寺ですよ。むろん、やくざ者が胴元ですが、用心棒としては賭場を長いこと留守にするわけにはいかないので、急ぎ召し上がったのではないのでしょうか」

「寺の名は」

「確か、同仙寺《どうせんじ》といったかと思うのですが」

　その名を俊介はすぐさま覚え込んだ。

「ふむ、賭場の用心棒か」

浪人が去っていったほうを見やった。賭場など一生足を踏み入れることはないと思っていたが、こうしてみると、意外に身近な場所にあるものだ。

いずれ足を運ぶことになるかもしれぬな。

屋台の親父は、けっこうです、といったが、俊介は浪人の分まで支払った。屋敷に向けて歩き出す。

先ほどの浪人は、本当にただの賭場の用心棒なのか。腕もすごかったが、鍛え抜かれた体もまたすごかった。

どういう形になるかわからないが、あの浪人とはいずれまた会うような気がしてならない。そのときは、本当に刀を抜いてやり合うのではないか。

あの浪人と真剣で斬り合う。その場面を想像しただけで身がおののく。実際に真剣を向け合ったら、刀を握る手も震えてしまうのではないだろうか。

あの浪人もいっていたが、今の自分は確かに半端な腕前でしかない。もっと強くならなければならない。あの浪人になめられないような腕を身につけなければならない。

俊介は、先ほど乗り越えた塀まで戻ってきた。あたりに人がいないことを確かめて、再び塀に手をかける。

屋敷内に入り、離れに戻ろうとして、ふと背後で何者かの気配が動いたのを感じた。ぎくりとする。まさか逃げたと見せかけて、庭にひそんでいたのか。いや、そんなことはあり得ぬ。俊介が振り向こうとする前に、おっとやめておけ、としわがれた声がかかり、背中に刃物のような硬いものが当たった。

声の主は、海原伝兵衛《かいばらでんべえ》である。ならば、突きつけられているのは愛用の手槍《てやり》だろう。

ほっとはしたものの、しくじったな、と俊介は思った。いくら考え事をしていたとはいえ、爺《じい》に槍を突きつけられようとは。伝兵衛は口は達者だが、武術の腕はまったくたいしたことがないのだ。

いや、以前は槍術《そうじゅつ》に関していえば家中一の腕前だったのだが、年を取ってひどく衰えてしまったのである。一昔前ならともかく、今の伝兵衛に背中を取られるとは、もう一度、剣の修行を一からやり直したほうがいい。

「きさま、ここでなにをしておる」

伝兵衛の声には、紛れもなく殺気が込められている。もし俊介が少しでも動こうものなら、本気で槍を突く気でいる。

「爺、勘違いするな。俺だ、俊介だ」

えっ、と伝兵衛の口から声が漏れた。

「若殿ですと」

「爺、動いてもよいか」

「もちろんにござる」

背中から槍の感触が失せた。

「ふう、重い。いつの間にやら、この槍はなんとも重くなってしまったものよ」

ぶつぶつつぶやいている。俊介は振り向き、大木に立てかけられている伝兵衛の手槍を手にした。ふつうの槍より短いが、つり合いがとれており、とても扱いやすい。

これが重く感じるとは、と俊介は少し悲しかった。そういえば、伝兵衛は足も萎《な》えはじめている。庭から縁側に上がる際、よろけたりすることがよくあるのである。

目の前に伝兵衛のしわ深く、いかつい顔がある。闇のなかでもよく光る大きな目が、心配そうに見つめている。眼光だけを見ていると、衰えなどほとんど感じさせない。

「若殿、しかしどうされたのでござる。なぜ塀を乗り越えてきたのでござるか」

「爺こそ、なにゆえここに。しかも槍まで手にして」

「ここ最近、どうにも小便が近くなりましてな、先ほども厠《かわや》に行こうとしたら、なにやら塀のほうで人の気配がしましたもので、これは盗人《ぬすっと》でも入り込んだか、と駆けつけた次第にござる」

おっとり刀ならぬ、おっとり槍というところか。

「このところ、あくまでも噂《うわさ》でござるが、武家屋敷に入り込む盗人は少なくないようですからな。して、若殿はなぜこちらに」

「うむ、まさしく爺のいう通り、盗人が入りこんだのだ」

命を狙われたことを告げる気はなかった。騒ぎになるのは避けたい。そんなことが父に伝わったら、外に出してもらえなくなるだろう。自由を奪われるほど、つらいことはない。

「えっ、まことにござるか」

伝兵衛がのけぞるように驚く。

「ああ、放胆にも俺の部屋に入ってきた」

「なんと、若殿の離れに。そやつは今どこに」

「逃げられた」

伝兵衛が苦い顔をする。

「なるほど、賊を捕らえようと追いかけて外に出られたのでござるな。ふむう、なんと危ういことを。お怪我《けが》は」

「うむ、大丈夫だ。どこにもない」

「盗られた物は」

「ないと思う」

「確かめましょう」

塀の向こう側の闇を透かすような目でにらみつけてから、伝兵衛が離れに向かって歩き出す。

うしろに続いた俊介は戸袋に手槍を立てかけてから、離れに上がった。伝兵衛は気を張っているせいなのか、上がる際、よろけなかった。

伝兵衛が隅の行灯《あんどん》を灯《とも》すと、部屋が淡い光で照らし出された。この離れは亡くなった祖父が気に入りの庭をとっくりと眺めるために建てたもので、二つの部屋が設けられている。俊介が寝所に使っているのは、東側の八畳間である。西側の部屋は六畳間で、大きな文机《ふづくえ》が鎮座しているだけだ。

「いかがでござるか」

伝兵衛が室内を見回してきく。

「うむ、やはり盗まれた物はないな。もともと盗まれるような物は置いておらぬ」

いま腰に帯びている刀よりも、数段出来のよい脇差も刀架にかかっている。

伝兵衛が俊介を見た。途端に大きな目をむき、あわてててたずねてきた。

「若殿、その袖はいかがなされた」

はっとして俊介は寝巻の左の袖に目をやった。二寸ほどにわたって、すぱりと切れている。先ほどの賊にやられたのだろうが、こうして明るいところに出るまで、まったく気づかなかった。蕎麦切りを食べている最中も、目に入らなかった。しくじったな、と俊介は思った。あの浪人は気づいたはずだが、余計なお世話とでも思ったか、なにもいわなかった。

「これは……」

　あとの言葉が続かない。袖をめくって腕を見たが、幸い、傷はなかった。

　眉根を寄せて、伝兵衛がじろりと見る。

「若殿、本当に盗人だったのでござるか。その袖を見る限り、それがしにはそうとは思えませぬぞ。なにかお隠しになっているのではござらぬか」

　ずいと前に出、顔を突き出してきた。偽りは決して許しませぬぞという決意が、表情に刻み込まれている。伝兵衛にこの顔をされると、俊介は幼い頃から弱い。もはや隠し立てすることはできそうにない。

「実はな」

　ぽつりぽつりと俊介は話しはじめた。

「な、なんですと」

　聞き終えた伝兵衛が飛び上がらんばかりになる。鷹のように目を見開き、ごくりと喉を上下させた。

「い、命を狙われた――」

「うむ、賊は紛れもなく俺を殺しに来た」

「いったい何者でござるか」

　俊介は無言で首を振った。

「さようでござるか」

伝兵衛が母屋に顔を向け、独り言をつぶやくようにいった。

「殿はまだお眠りでござろうが、危急のことゆえ、会ってくださるであろう。ただし、この寝巻姿で御前《ごぜん》に出るわけにはいかぬな」

俊介は顔を上げた。

「父上に伝えるのか」

「むろん。真田家の跡継であらせられる若殿の大事。殿に伝えず、なんといたしまする」

できれば幸貫には知らせたくはないが、伝兵衛のいうことは正論である。俊介は抗弁できない。

「若殿、さっそく一緒にまいりましょう」

「俺も行くのか」

「当然にござる。若殿以外、襲われたときの様子やありさまを誰がお話しになるのでござるか。若殿、お着替え召され」

ため息をつきたいのを我慢し、俊介は幸貫の前に出ても恥ずかしくない格好になった。

そのまま濡縁《ぬれえん》に出た伝兵衛だったが、沓脱石《くつぬぎいし》で雪駄《せった》を履こうとして、ぐらりとよろめいた。両手をぐるぐる回し、こらえようとする。

「爺、大丈夫か」

俊介は、あばら骨がごつごつしている体を素早く支えた。

「大丈夫とは、なにがでござるか」

伝兵衛が口をへの字にしていう。さすがに俊介の腕を振り払うような真似はしないが、じろりとねめつけてきた。

「いま転びそうになったではないか。俺が支えなかったら、頭を打っていたところだ」

「転びそうになどなっておりませぬ。人間、幻を見るようになったらしまいでござるぞ」

伝兵衛が肩を怒らすようにして歩き出す。気づいて戸袋の手槍を手にする。

「若殿は、それがしが衰えたとお思いか」

いきなりきかれ、なんと答えればよいか、俊介は迷った。そうだともいいにくい。

からからと明るい笑い声が闇にこだまする。

「若殿、お答えにならぬのは、認めたも同然でござるぞ。しかし、正直なところ、それがしは鍛え直したほうがよろしいのでしょうな。渾身《こんしん》の力を込めて槍を突き、山野を駆けめぐることにいたしましょう」

「鍛え直すといっても、爺はもう六十八だぞ。山野を駆けめぐったら、心の臓が引っ繰り返って死んでしまうぞ」

「そんなにやわにできておりませぬ。人生五十年と申すが、それがしの人生は八十年だと思ってござる。まだ時は十分にござる。一から鍛え直し、また家中随一の腕前になってご覧に入れましょうぞ」

伝兵衛は冗談でなく、大まじめにいっている。俊介はにこりと笑った。

「その意気やよしだな。俺は、爺のそういうところがとても好きだ」

「さようでござるか。それがしは、それがしのことをほめてくれる若殿が大好きにござる」

伝兵衛が再び歩を運び出す。

俊介は伝兵衛とともに母屋に上がった。伝兵衛が自室の欄間《らんま》のところに槍を預け、さっさと着替えを済ませる。

二人は長く暗い廊下を進んだ。ところどころ要所の柱にろうそく立てがあり、灯りが揺らめいている。以前はもっとろうそくは多かったが、今は台所事情が逼迫《ひっぱく》しているために、数は相当減っている。

「ところで若殿、襲ってきた者に心当たりはござるのか」

廊下を歩きつつ、ひそやかに伝兵衛がきく。

「ないな」

「少しはお考えなされ」

「考えたさ」

「それで、なにも心当たりはないと」

「そうだ」

伝兵衛が顔を寄せてきた。

「国家老が怪しいとは」

俊介は鼻の頭を指で弾《はじ》いた。

「あっ、痛い」

伝兵衛が鼻を押さえる。

「爺、滅多なことをいうでない」

恥ずかしげに伝兵衛が身を縮める。

「迂闊《うかつ》なことを申しました」

「うむ。二度と口にするな」

「承知つかまつりました。しかし、そういえば、かの者が近いうちに江戸に出てくるとの噂を聞きましたぞ」

「勘解由がか」

「さようにござる。国家老の要職にあるにもかかわらず、ちょくちょく国を留守にいたしますな。いろいろとすることがあるとは耳にしております」

俊介も聞いたことがある。懇意にしている豪商から金を借りるのだそうだ。勘解由のことは忘れ、俊介は前を向いた。実際のところ、江戸において自分の命を狙う者がいないか、とうに思案をめぐらせていた。

ここ最近、うらみを買いそうなことは三つあった。三度とも、江戸市中を散策していたときの出来事である。

一つは、飯屋にたかろうとしていたやくざ者たちを叩きのめしたことだ。もう一つは、町人をさんざんに打擲《ちょうちゃく》していた浪人を懲らしめたことだ。あと一つは、ばあさんから風呂敷包みを奪ったひったくりを捕らえたことである。

だが、この三つの出来事が果たして命を狙われるほどのことなのか。人というのが些細《ささい》なことで深いうらみを心に秘めるのは知っているが、この三つの出来事のいずれかが、先ほどの一件に関係しているのか。

二人は、じき幸貫の寝所というところまでやってきた。寝所の前に端座している宿直《とのい》の姿がろうそくの灯りに当たり、薄ぼんやりと見えている。

三

今宵《こよい》、幸貫は側室が待つ奥は訪れなかったようだ。

俊介を生んだ正室の季江《ときえ》は、とうに亡くなっている。俊介がまだ二歳のときに病に倒れ、そのままはかなくなった。俊介には実母の記憶がまったくない。

熟睡していたところを宿直に起こされたはずだが、脇息《きょうそく》にもたれた幸貫はいつもと変わらない温和な顔つきで、俊介と伝兵衛を出迎えた。父の寝起きのよさは、俊介にもしっかりと伝わっている。それが、命を救ってくれたともいえた。

幸貫が軽く頭を下げる。

「寝巻姿ですまぬ。二人とも、ちゃんとしたなりをしているというに」

「いえ、夜分、押しかけてきたのはそれがしどもにござる。父上がお気になさることはありませぬ」

うむ、と顎を引いた幸貫が身を乗り出す。

「して、どうした。この夜中に二人がそろって顔を見せるなど、なにかあったのか」

俊介は子細を語った。

むう、と幸貫がうなり声を発した。

「何者とも知れぬ者に襲われたか。俊介のことだから、すでに心当たりは考えたのだろうが、命を狙いそうな者はおるのか」

「いえ、どうにもわかりませぬ」

そうか、といって幸貫が眉間にしわをつくった。目が炯々《けいけい》と輝いている。しわも白髪もほとんどないために幸貫はとても若々しく、五十一という年を感じさせない。

「俊介を襲った者は草の根わけても捜し出さねばならぬが……」

つぶやいて、幸貫が俊介を見る。

「賊の顔は見たか」

「横顔だけでございますが、見覚えのまったくない者でございます」

「人相書を描けるほどに覚えておるのか」

「はっ」

「ならば、忘れぬうちに描いたほうがよい。俊介、そなたは季江譲りで絵が達者だ。納得できるものをとことん描くがよかろう」

「承知つかまつりました」

俊介はこうべを垂れた。人相書のことは失念していた。今のうちに筆を執れば、かなり正確なものが描けるのではないか。

「俊介、怖かったか」

唐突にきかれ、俊介は目を上げて父を見つめた。真剣な光をたたえた瞳が間近にある。自分のことを心から案じてくれている目でもある。

「いえ、無我夢中で怖さはさして感じませなんだ」

「そうか。強がっているわけではなさそうだ。これまでの厳しい鍛錬が役に立ったというわけだな」

「はっ、立ったと存じます」

「それは重畳《ちょうじょう》。稽古に耐えてきた甲斐《かい》があったな」

幸貫が表情を和ませる。

「俊介、もしや他出《たしゅつ》を禁じられると思うておるのではないか」

「はい。実を申せば」

幸貫がにこりとする。

「安心せよ。余は禁じぬ。そなたはこれまで通りにしておればよい」

俊介は、ぱっと顔を輝かせた。

「まことにございますか」

「そんなに大仰に喜ぶことはない。若い頃は余もよく町をうろつき回ったものだ。それがどれだけ楽しいか、重々承知しておる。その楽しみをそなたから取り上げるつもりはない」

父上も同じことをされていたのか、と俊介は思った。初耳だ。喜びがじんわりと胸の壁を這《は》い上がってきた。

「それに、この屋敷に入り込まれたのなら、どこにいても襲われるということだ。寝込みを襲われて無事だったのであれば、起きているときはなおさら心配無用であろう。それに俊介、賊に襲われて他出もままならぬなど、冗談ではないぞ。我らは誇り高き一族である。もしまた賊が襲ってくるのなら、今度こそ捕らえてやればよい。俊介、ふだんの心構えこそが大事ぞ。ゆめ油断すな」

「はっ、心しておきます」

「それと、決して一人になるな。必ず辰之助を連れてゆけ」

「承知つかまつりました」

いま辰之助が、俊介の用で出ていることは幸貫も知っている。

「殿、それがしも若殿のおそばについてよろしいでしょうか」

伝兵衛が申し出る。

「いや、伝兵衛は屋敷におれ」

「なにゆえでござるか」

伝兵衛が不満げな顔をする。幸貫がやさしい眼差《まなざ》しを注ぐ。

「そなたは張り切りすぎるからだ」

「張り切りすぎる。はて、どういうことにござるか」

伝兵衛が不思議そうにたずねた。

「そなたが俊介と一緒にいるとき、賊が襲いかかってきたとする。そなたは辰之助以上に奮戦し、賊が逃げ去れば捕らえるまで追いかけるであろう」

「はっ、おっしゃる通りにござる」

「だが、手柄を横取りされた辰之助はどう思うかな」

「どうとは」

「手柄は若い者に譲ってやれということだ」

伝兵衛が憤然と顔を上げる。

「手柄は譲られるものではござらぬ。自らの力で立てるものにござる」

「それは余もわかっておる。だが伝兵衛、もうそなたは十分に手柄を立てたではないか」

「殿のお言葉ながら、それがし、手柄など立てたことはござらぬ」

「伝兵衛は戦《いくさ》のことをいうておるのか。戦などなくとも、手柄は立てられるぞ。父上と余に、これ以上ないほど忠実に仕えてくれたではないか。伝兵衛、これ以上の手柄はないぞ」

「はあ」

「納得できぬか。だがな伝兵衛、そなたは存分に働いてきた。余は長年にわたり、しかとその働きぶりを見てきた。これからは、そなた同様、辰之助が家中一の忠義者になるのを見守っておればよい」

伝兵衛が感激の面持ちになる。感情が高まりすぎて、口がぽかんとあいている。

「と、殿は、それがしを家中一の忠義者と思うてくださるのか」

「当たり前よ」

幸貫が深々とうなずく。

「余はずっと思うておった」

「ありがたき幸せ」

伝兵衛が、がばっと平伏する。

俊介も、伝兵衛がほめられてうれしかった。それに、父上の説得の巧みさもすばらしいと思った。他出先で賊に襲われたとき、今の伝兵衛では足手まといになりかねないのは誰の目にも明らかだが、その思いはおくびにも出さなかった。伝兵衛が納得しやすいように、自尊心をくすぐるやり方がとても上手だった。上に立つ者はこれでなくてはならぬのだ、と俊介は心に刻みつけた。

「俊介」

笑みを消した幸貫に呼ばれ、俊介は控えめに目を合わせた。

「夜が明けてからでかまわぬゆえ、田川新之丞《たがわしんのじょう》に事情を伝えよ。さすれば、新之丞が賊捜しに当たろう」

新之丞は江戸屋敷の目付頭《めつけがしら》で、辣腕《らつわん》を知られている。ちょうどよい。別の件で話がしたかった。

俊介と伝兵衛は幸貫の前を辞した。

「若殿、それがしのことを殿は、家中一の忠義者とおっしゃいましたぞ」

「うむ。まことのことだ。そなたは紛れもなく家中一の忠義者よ」

「若殿もおっしゃってくださるか」

伝兵衛が満面の笑みを浮かべる。

「うむ。他出する際、伝兵衛がそばにおらぬのは残念でならぬが、今はまだ無理でも辰之助がいずれ代わりを務めてくれよう」

「辰之助はよい若者でござる。腕も立つ。それがしなど、とうに超しておりまする」

「そんなことはない」

「ところで、辰之助はいつ戻ってくるのでござるか」

「今日の昼過ぎには戻ってこよう」

「さようでござるか」

伝兵衛があくびを嚙み殺した。俊介は大きく伸びをし、盛大にあくびをした。

「ふむ、さすがに眠いな。夜明けまで、一眠りするか」

「ならば、それがしがおそばにつきましょう」

「いや、よい。伝兵衛も寝てくれ」

「それがしは眠くありませぬ」

「ほう、さすがだな」

俊介は伝兵衛をたたえた。

「ならば、そばにいてくれ。伝兵衛がいてくれれば、安心して眠れる」

「おまかせあれ」

伝兵衛がどんと胸を叩いた。

俊介は離れに上がり、敷きっぱなしの布団に横たわった。伝兵衛が枕元に控える。横になると、さすがに楽だ。自然に吐息が漏れる。賊との戦いが、相当の疲労を強いている。

幸貫もいっていたが、寝込みを襲われてよく無事だったものだ。大好きな剣とはいえ、厳しい稽古を怠ることなく続けてきたからこそ、こうして生きていられるのである。日々の継続というものが決して嘘《うそ》をつかぬことを、俊介は思い知った気分だ。

「さあ、若殿、お眠りあれ」

伝兵衛がやんわりといざなう。

「夜明けまでまだ一刻半《いっときはん》はござろう。それだけ眠れば疲れは取れもうそう」

「うむ、爺の言葉に甘えさせてもらう」

俊介は目を閉じた。視野が暗くなり、これならばすぐにでも眠りに落ちそうだ。それでも、俊介はしばらく睡魔と戦った。呼吸だけは寝息らしいものを心がける。

いびきが聞こえてきた。俊介はそっと目をあけた。柱に背中を預けて、伝兵衛がこっくりこっくりしている。

思った通りだ。これで、こちらもぐっすりと眠れるというものだ。

四

俊介が目を覚ましたとき、伝兵衛は畳の上に大の字になり、いびきをかいていた。

夜明けはまだのようだが、闇は深更の濃さを失いつつあった。部屋のなかに、どこからか薄い光が忍び込んでいる。

晩春とは思えないほど大気は冷えており、俊介はぶるりと身震いした。これだけ涼しいのに、大の字に寝ていられる伝兵衛はさすがというしかない。やはり若い頃の鍛え方がちがうのだろう。だが、風邪を引かせるわけにはいかず、ゆっくりやすむがよい、と心中で語りかけて俊介は布団をそっとかけた。

静かに腰高障子をあけて、外を見た。空はまだ白んできていないが、じんわりと明るくなりつつあった。じき明け六つという頃おいだ。風が少しあり、庭の木々がさざめいている。

どこからやってきたのか、一匹の大きな猫がのそりのそりと歩いている。猫が庭を徘徊《はいかい》しているのはときおり目にするが、あんなに大きなのは初めて見た。

俊介は、昨夜の賊を思い出した。あの男も猫のようにしなやかな体を誇っていた。本職の忍びではないだろうか。肩の関節を外すなど、ふつうの者にできる業ではない。だがこの太平の世に本物の忍びなど、いるものなのか。戦国の世なら、真田家にも真田忍びと呼ばれる者がいた。今も末裔《まつえい》たちは仕えているが、忍びの技などまったく使えない。

俊介は、試しに肩の関節をしきりに動かしてみたが、どうすれば関節が外れるのか、さっぱりわからない。外し方がわからないのに、入れ方など、なお知りようがなかった。

すべきことがあるのを思い出し、居間として使っている隣の部屋に入り、行灯をともして文机の前に座った。背筋を伸ばし、墨をすりはじめる。賊の人相書を描かなければならない。本当なら布団に横になる前に描いておきたかったが、眠気に勝てなかった。

昨夜の賊の横顔を思い出し、文机の上に広げた紙に描いてゆく。なかなか思った通りにいかなかったが、六枚目でかなりよいものができた。俊介は紙を顔の前に掲げ、じっくりと見た。これはよく似ている。

今できあがったばかりの人相書をもとに、正面から賊を見たときの顔を描きはじめた。こちらは十枚ばかりの反故《ほご》を出し、ようやく納得のいくものが描けた。

俊介は人相書をにらみつけた。正面から見たとき、あやつは、こんな顔をしているのではあるまいか。

眉は太く濃く、目はややつっている。顔はえらが張り、なんでも嚙み砕きそうな頑丈な顎をしている。鼻は潰《つぶ》れ気味で、口はほどよく引き締められ、笑うと頰にえくぼにも似たくぼみができる。

横顔しか知らないからなんともいえないが、この人相書は、あの男の顔形からあまり外れていないような気がする。

墨が乾くのを待っててていねいに折りたたみ、俊介は懐にしまい込んだ。外に人の気配を感じ、行灯の灯を吹き消すと濡縁に出た。いつしか夜は明け、すっかり明るくなっている。つややかな太陽が東の空に昇りはじめていた。どこかで鶏の鳴き声が立て続けにし、庭では鳥たちもかしましく飛び回っている。大気はだいぶ暖かくなっている。

この屋敷からか、それとも向かいの亀井《かめい》屋敷からか、味噌汁《みそしる》のにおいがうっすらと漂ってきていた。亀井家は、石見国《いわみのくに》の津和野《つわの》で四万三千石を領する外様大名である。穏やかな風に吹かれつつ、庭を足早にやってくる者がいた。敷石に足が乗ったところで俊介を認め、会釈してみせる。

目付頭の田川新之丞である。がっちりとした体軀《たいく》を誇る男で、剣の腕も相当と聞いている。彫りが深く日に焼けた顔は精悍《せいかん》で、眼光は鋭く、引き締まった口は強靱《きょうじん》な意志をあらわしている。

すでに四十近いが、白髪が多いせいもあって、年よりも上に見える。目付頭としてはそのほうが風貌に重みが出て、仕事もしやすいのではないか。

俊介のそばに来て、新之丞が深く腰を折った。

「若殿、お久しゅうございます」

響きのよい声で挨拶する。

「そうだな。同じ屋敷に暮らしているというに、会わぬときは本当に会わぬ」

まったくでございます、と白い歯をちらりと見せた新之丞が表情を引き締める。

「昨夜、騒ぎがあったそうでございますね。若殿が襲われたと、殿よりうかがいました」

「うむ、まことのことだ。命を狙われた」

新之丞が眉を曇らせ、額にしわを寄せた。

俊介は昨晩のことを詳細に告げ、さらに懐から人相書を取り出した。

「俺を襲ってきたのは、こんな男ではないかと思える」

新之丞が人相書を手に取り、じっくりと見る。ふむう、とうなるような声を発した。

「正面から賊の顔をご覧になったのですか」

いや、と俊介はかぶりを振った。

「横顔しか見ておらぬ。これは想像で描いたものだ」

「ほう、想像で。よく描けていますね」

「うむ、描いていて手応えはあった」

「お借りしても」

「むろん」

頭を下げ、新之丞が懐に大事そうにしまい込む。新之丞に誰が狙ってきたものか、心当たりをきかれたが、さっぱりわからぬ、と俊介は答えた。

「もちろん狙われるわけはあるのだろうが。でなければ、昨夜、あのようなことがあるはずがない」

新之丞が軽く咳払《せきばら》いをした。

「若殿、見てはならぬなにかを見てしまったようなことは」

俊介は顎に手を当て、考え込んだ。

「ふむ、なにかを見たか。もしそうだとして、俺はまだ、その大事さに気づいておらぬのだな。すると、気づく前に殺してしまえ。そういうことか」

「御意《ぎょい》。仮にそうだとした場合、まだそんなに昔のことではないかと思われます」

俊介は首をひねり、ここ最近のことを脳裏に呼び起こそうとした。

「わからぬな。すまぬ。心に引っかかるようなことはない」

「いえ、謝られるようなことではありませぬ」

新之丞が顔を上げ、俊介を見つめる。

「賊は匕首を使っていたとのことですが」

「ああ、そうだ。ずいぶんと手慣れていた。賊にとり、あれが最も得手《えて》とする武器ではないかな」

「なるほど。だとすると、町人でしょうか」

「ああ、そうだな」

すぐさま俊介は首肯した。

「匕首など、武家は滅多に持たぬゆえな。だが、あるいは短刀だったかもしれぬ。俺には短刀と匕首の見分けはつかぬ」

「並べて見れば一目瞭然でしょうね。短刀は刀ですから、つくられるときに刀工の手で鍛えられます。そのため、身ににおいや重みが感じられますが、匕首にそういうものはありませぬ。ほとんどの匕首は、包丁と同じつくりですから。暗闇のなかでご覧になったとはいえ、若殿が匕首であるとおっしゃるのであれば、賊が手にしていたのはそれと見て、まずまちがいありますまい」

そういうものか、と俊介はいった。

「だが、あの賊が町人となると、新之丞、どうだ、探索は進められるのか」

「正直に申し上げて、それがしどもにはむずかしいでしょう。しかし、役目柄、町奉行所につてがあります。若殿がお描きになったこの人相書が大きな力を発揮することになるのではないかと、それがしは勘考いたします。町奉行所のほうで大量に模写し、それを町々の自身番に配ることになりましょう。あっという間に賊は捕まるかもしれませませぬ」

「そうなったらよいな。枕を高くして眠れる。町奉行所につてがあるとは、耳にしたことがある。確か、代々《だいだい》頼《だの》みというのではないか」

「さようでございます。頼みつけとも申しますが、我らが困ったときに町奉行所の者にいろいろと力を貸してもらえます」

おそらく盆暮れの付け届けは相当の額になるのではないか。それでも、家中の者が面倒を起こしたり、いざこざに巻き込まれたりしたとき、町奉行所に昵懇《じっこん》の者がいれば、相当助かるだろう。多額の金が必要だといっても、結局は安くつくにちがいない。

「町奉行所の者ですが、いずれ若殿にもご紹介できる日がくるのではないかと思います」

「その者、名はなんと」

「築地悌蔵《ついじていぞう》といいます」

俊介はその名を胸に刻み込んだ。

「覚えた。二度と忘れぬ」

新之丞がほほえむ。

「若殿の物覚えのよさは、それがし、よく存じております。若殿、ほかにそれがしがうかがっておくべきことはございますか」

俊介は、やくざ者を叩きのめしたこと、浪人を懲らしめたこと、ひったくりを捕らえたことを伝えた。

「ほう、相変わらずそのようなことをされているのですね」

「俺がそのような真似をするのは、新之丞はいやか」

いいえ、と新之丞は首を横に振った。

「いかにも若殿らしゅうて、まことに好ましゅうございます。ただ、若殿におかれましては見過ごせぬことも多々ございましょうが、ご無理は決してなさらぬようにお願いいたします。若殿への家中の望みは実に大きい。もし万が一のことがあれば、家臣たちは落胆いたしましょう。それでは面目がありませぬ。それがしは昨夜の賊は必ず捕まえるつもりでおります」

「うむ、頼む。俺も無理はせぬように心がけるゆえ」

承知いたしました、と新之丞が顎を引いた。

「では、これより築地どのに会ってまいります」

「ちょっと待て、新之丞」

はっ、と新之丞が顔を向けてきた。

「母御の容体はいかがだ」

一瞬、翳《かげ》が新之丞の顔をよぎっていった。

「おかげさまで、もうだいぶよくなってきております」

軽く首を振って、俊介は苦笑した。

「相変わらず嘘が下手よな。母御はよくなっておらぬだろう」

むしろ悪くなっているとの噂も耳に入ってくる。

新之丞が下を向く。

「いえ、決してそのようなことは」

「無理をするな。俺も案じておる。なにしろ、そなたの母御は命の恩人だ」

ある冬の朝、氷の張った池を渡ろうと試みた幼き俊介は、音を立てて池にはまってしまった。そのことにいち早く気づいた新之丞の母の珠世《たまよ》が、俊介を溺《おぼ》れ死にの危機から救ったのである。

「もしそなたの母御が助けてくれなかったら、俺は死んでいた。溺れ死にせずとも、あの日は寒かったゆえ、凍え死にしていたかもしれぬ。いま考えれば、あのように薄い氷を渡ってみようなどと、まったく馬鹿なことを思いついたものだが、おのこというのは、考えなしに無茶をするものよな」

「御意」

「新之丞も覚えがあるか」

「ございます。それがしは木登りをしたまではよかったのでございますが、降りられなくなってしまったことがございます」

「ほう、そうか。誰が助けた」

「母でございます」

俊介は驚いた。懐かしそうに目を細めて、新之丞が続ける。

「それがしの姿が見えぬことに気づき、捜し回った末、ようやく母は木の上のそれがしを見つけ、自ら登ってきたのでございます」

「ほう、そうか。母親というのは強いな」

「まったくでございます。母は高いところが苦手でございますのに」

珠世が寝込んでから、すでに一月《ひとつき》以上が経過している。もちろん医者に診せているが、容体がかんばしいとはいえない。

「母御は肝の臓が悪いのだったな」

「はっ。肝の臓は我慢強く、病にはなかなかならぬそうでございますが、いったんかかってしまうと、今度はひじょうに治りにくいそうにございます」

「うむ、俺も書物で読んだが、確かにそうらしい」

新之丞が目をみはる。

「若殿が医術の書物を読まれたのでございますか」

「うむ、たくさん読んだぞ。俺もそなたの母御のためになにかしたくてな」

「かたじけなく存じます」

こみ上げるものがあったようで、それを隠すように新之丞がうつむく。

「では若殿、それがしはこれにて失礼いたします」

「新之丞、よいか、決して望みを捨てるな。母御のためにできることは必ずある。俺も力を貸すゆえ。わかったな」

「ありがとうございます。そのお言葉、胸に刻んでおきます」

ていねいに辞儀をして、新之丞が俊介の前を去っていった。

新之丞の姿が見えなくなるまで見送ってから、俊介は部屋に戻った。

知らず苦笑が出た。いまだに伝兵衛は軽いいびきをかいて眠っていたのだ。口を小さくあけ、よだれを少し垂らして、童子《どうじ》のような顔をしていた。

「それにしてもよく眠るものだ」

口のなかでつぶやいて、俊介は伝兵衛のかたわらにひざまずいた。

「爺、いつまでも元気でいてくれよ」

寝顔にそっとささやきかけた。

五

敷居際に両手をついた。

「若殿、ただいま戻りました」

すでに昼は回っており、寺岡辰之助のうしろから、暑いくらいの日が射《さ》し込んでいた。

「うむ、ご苦労だった。振り分け荷物が辰之助の横に置かれている。

「ぺこぺこにございます」

端整な顔をほころばせて、辰之助がいう。汗はさほどかいていないが、天候に恵まれたこともあり、二泊三日の旅程で、だいぶ日に焼けた様子だ。俊介より二つ上の二十一歳だが、精悍さがほどよく増し、幾分若く見えていた顔が年相応のものに変わっている。

「そなたのことだ、腹ぺこなのも忘れ、馳《は》せ戻ってくるであろうと昼餉《ひるげ》を用意させている。いま持ってこさせるゆえ、食すがよい」

「はっ、かたじけなく存じます」

辰之助が一礼し、俊介を見た。

「用のほうは、よろしいのでございますか」

「まずは昼餉だ。話はそれからにしよう」

「承知つかまつりました。ところで、若殿は召し上がったのでございますか」

俊介はにこりとして、首を横に振った。

「いや、まだだ。そなたと一緒に食べようと思ってな」

腰の刀を鞘《さや》ごと引き抜いた辰之助が、振り分け荷物をいとおしむように持ってきて、座敷に正座した。

二人の女中が、膳を捧《ささ》げ持ってあらわれた。それが俊介と辰之助の前に置かれる。

主菜は鯖《さば》の塩焼きで、あとは冷や飯にわかめの味噌汁、たくあんに梅干しという献立である。

「豪勢でございますな」

うれしげに辰之助が見つめる。

「まったくだ。鯖など、久しぶりにお目にかかるような気がする」

もっとも、この鯖は、辰之助のために賄い役の者に、是非ともつけてくれるように俊介が頼んでおいたものだ。辰之助は魚に目がなく、特に鯖が大の好物である。

二人は箸を手に取った。驚いたことに、辰之助は二度おかわりした。鯖の塩焼きは脂がよくのっており、冷や飯といえども、よく合った。ふだんは食の細い男がこれだけ食べるというのは、よほど空腹だったことに加え、鯖がひじょうに美味だったのである。頼んでおいた甲斐があったというものだ。

「辰之助、落ち着いたか」

「はい、人心地《ひとごこち》つきました」

俊介は女中を呼び、膳を下げさせた。ゆっくりと茶を喫する。

辰之助も茶を楽しむ風情だったが、すぐに姿勢をあらためた。

「辰之助、待たせたな。首尾を聞こう」

はい、と辰之助が顎を上下させた。

「若殿に命じられた物は、無事に手に入れることができました」

「さっそく見せてくれ」

「はっ」

辰之助が振り分け荷物をあけ、書物ほどの大きさの油紙の包みを取り出した。紐《ひも》でしっかりと結ばれており、見るからに高価そうである。

「辰之助、代は足りたか」

「はい、ぎりぎりでございましたが」

「それはよかった」

この買物のために、俊介は幼い頃から一所懸命に貯めてきた二十両もの金をはたいたのである。

「あけますか」

「うむ、頼む」

失礼いたします、と辰之助が脇差を抜き、紐をぶつりと切った。油紙をていねいにはいでゆく。なかから、いくつも重なり合った小さな紙包みがあらわれた。

紙包みには『六旗真正丸《ろっきしんせいがん》』と記されている。紛れもなく、俊介が辰之助に買いに行ってくれるように依頼した薬である。

「紙包みはいくつある」

「二十袋でございます」

「二十日分ということだな。ふむ、一袋一両か。高価だからといって必ず効くわけではなかろうが、俺の調べたところでは、この薬こそが肝の臓の病に最も効き目があるはずだ」

新之丞の母のために、俊介は書物を読みあさり、その上で、この薬こそが肝の臓の病にとって最上のものであろう、という結論に至った。

すぐにでも手に入れたかったが、六旗真正丸を扱っている薬種問屋は江戸には一軒もなく、よくよく調べてみると、相模国《さがみのくに》の平塚宿《ひらつかじゅく》にある薬種問屋が秘蔵薬として取り扱っているのが知れた。秘蔵薬というだけあって、飛び上がるほど高価だった。だが、値段のことなどいっておられず、俊介は二十両を辰之助に託し、平塚に向かわせたのである。

日本橋から平塚宿まで、十六里ほどある。おとといの夜明け前に上屋敷をあとにした辰之助は、まず十二里ばかり先の藤沢宿《ふじさわしゅく》まで東海道《とうかいどう》を一気に歩き、そこで投宿した。再び夜明け前に旅籠《はたご》を出、平塚宿の薬種問屋で薬を買い求めるや、すぐさま東海道を取って返した。途中、日暮れを迎えた辰之助は夜っぴて歩くことも考えたが、六旗真正丸を無事に持ち帰ることこそ最も大事なことだとの俊介の言にしたがい、無理をすることなく神奈川宿《かながわじゅく》の旅籠の暖簾《のれん》を払った。今朝も夜が明ける前に出立し、七里の道のりを越えて江戸に戻ってきたのである。

辰之助は、三十二里もの行程を、二泊三日で往復したのだ。さすがの健脚としかいいようがない。

「それで若殿、この薬はどうされますか。今から田川さまのもとにお持ちしますか」

「新之丞はいま外に出ているはずだ。新之丞の部屋に押しかけ、母御にいきなり、これをのめと与えるわけにもいかぬ。やはり新之丞の了解を取らぬとな。新之丞は夕暮れ前には戻ってまいろう。そのときに渡すとしよう」

「承知いたしました。田川さまに喜んでいただけるとよいのですが」

「きっと喜ぼう」

俊介は辰之助に眼差しを注いだ。

「辰之助、疲れただろう。下がってよいぞ。体を休めよ」

「いえ、疲れてなどおりませぬ」

「強がりではないのか」

「強がってなどおりませぬ」

そうか、と俊介はいった。

「俺はこれから出かけようと思うが、ならば一緒に来るか」

「もちろんでございます」

うむ、と俊介はうなずいた。

「ただしその前に辰之助、伝えておくことがある」

なんでございましょう、というような顔を向けてきた。

「実はな、昨夜、俺は襲われた。この寝所に忍び込んできた者がいたのだ」

「ええっ」

辰之助が腰を浮かせ、目をむいた。すぐに正座し直し、たずねる。

「お怪我は」

「見ての通りだ」

「捕らえたのでございますか」

俊介はかぶりを振った。逃がした悔しさがよみがえる。

「襲ってきたのは何者でございますか」

「わからぬ。こんな男だ」

辰之助の戻りを待つあいだに、新たに描いた人相書を俊介は手渡した。辰之助は食い入るように人相書の男を見つめた。

「若殿、この男に見覚えがおありで」

「いや、ない」

「それがしもありませぬ」

辰之助が人相書を返してきた。俊介は折りたたんで懐にしまい入れた。

「若殿、何者とも知れぬ者に命を狙われているときに、お出かけになるのでございますか」

「そうだ。狙われているからといって、籠《こ》もるのはつまらぬ。父上にも許しはいただいているぞ」

「さようでございますか。殿が許されたというのは、大丈夫であるとのご確信がおありだからでございますね」

「そういうことだ」

六旗真正丸を文机の最も大きな引出しに大切にしまい込んでから、俊介は両刀を腰に差した。

俊介と辰之助は門から外に出た。辰之助は油断なくあたりに目を配っている。昨夜、夜鷹蕎麦の屋台で会った浪人には及ばないものの、辰之助の腕は相当のものだ。家中でも屈指の腕を誇っている。

「若殿、どちらにいらっしゃるのでございますか」

「賭場だ」

「えっ、賭場でございますか」

辰之助がきき返してきた。

「実際に入るわけではない。近くにあるとの話を仕入れたゆえ、場所を確かめるだけだ」

俊介は辰之助とともに武家屋敷ばかりの町を通り抜けて、山王門前町にやってきた。すぐそばの高台には日吉山王大権現社が鎮座し、門前町を見下ろしている。

「見過ごしてしまいそうな、小さな寺だそうだ。そこが賭場らしい。寺の名は同仙寺という」

すぐには見つからず、辰之助が町の者にきいた。すると、場所はあっさりと知れた。

俊介と辰之助は、山門の前にやってきた。納星山《のうせいざん》同仙寺と扁額《へんがく》が掲げられた門は、固く閉じられている。

確かに小さな寺である。それでも境内は六、七十坪ほどはあるのではなかろうか。ぐるりを背の低い塀がめぐっており、その塀越しに鐘楼と本堂、庫裏《くり》といった建物が眺められる。賭場は本堂で開かれているのだろう。

「若殿、どうして賭場に興を抱かれたのでございますか」

俊介はいきさつを語った。

「ほう、そんなにすごい腕の浪人がこの賭場の用心棒をつとめているのでございますか」

「この賭場かはわからぬ。そうでないかと蕎麦屋の親父がいっただけだ」

「人けはほとんどないようですね。庫裏に住職がいらっしゃるかもしれませぬが」

「やくざどもは夜だけ来ているのだな。あの浪人も同じであろう」

俊介はきびすを返した。

「今度はどちらへ」

「道場だ。俺はもっと鍛えなければならぬ」

俊介たちは起伏の激しい道を、北へ向かった。道場は平川天神《ひらかわてんじん》の鳥居のそばにあり、山王門前町からだと十二、三町ばかり離れている。

途中、平川町三丁目に足を踏み入れたところで、女の悲鳴が俊介の耳を打った。

「なにか騒いでいますね」

辰之助がそちらを見ている。

「行ってみよう」

俊介と辰之助は路地に入り込み、足早に悲鳴のするほうへと向かった。

大勢の者が行きかう通りに出た。右手に蕎麦屋らしい店があり、そこで六、七人の若い侍が騒いでいた。

店のなかから膳や蕎麦徳利、猪口《ちょこ》、小皿などを持ち出しては地面に叩きつけている。

店の前は破片が一面にちらばり、ひどいありさまだ。

それを止めようと、女将《おかみ》らしい女が必死に懇願しているが、侍たちは耳を貸そうとしない。

一人、近くに立って腕組みし、その様子をおもしろそうに眺めている侍がいることに、俊介は気づいた。上質の身なりからして、あの男が狼藉《ろうぜき》をはたらいている侍たちの頭目のようだ。ほかの者たちはあの男の取り巻きにすぎない。相当身分の高い者の子弟といったところか。権力を背景に、怖い者なしなのだろう。

そこまで見て取った俊介は、走るように蕎麦屋に近づき、膳を地面に叩きつけようとした男の腕をうしろからぐいと引っ張った。

「そこまでだ」

侍が、なんだあ、という顔で振り向く。

「もうやめておけ」

「なんだ、きさまは」

侍が唾《つば》を飛ばしていう。

「おぬしたち、なにゆえこのような真似をしているのだ。蕎麦屋がかわいそうではないか」

「この店の者が無礼をはたらいたからだ」

「どんな無礼だ」

「俺たちに食わせる蕎麦はないといいおった」

「本当のことなのでございます。昼の分の蕎麦切りは売り切れてしまったのでございます」

女将が涙ながらにいい募る。

「おぬしら、それで腹を立てて、こんなつまらぬ真似をしているのか」

「つまらぬだと」

侍が膳を思い切り投げつけた。膳の足がもげ、派手な音を立てて転がった。ひでえことしやがる、との声が野次馬から漏れる。

「俺たちのすることがつまらぬというのか」

別の侍が俊介に向かって吠《ほ》えた。すると、次々に侍たちが集まり、俊介と辰之助を取り囲んだ。下卑《げび》た顔つきをした七人の男が、俊介と辰之助をにらみつける。

頭目の男は一人輪に加わらず、少し離れたところで相変わらずにやにやしている。なまじ顔の造作が整っているだけに、よけい下品さが際だっていることに、本人は気づいていない。

「弱い者いじめをして、おぬしたちに侍の矜持《きようじ》はないのか」

俊介は平然と七つの顔を見返した。

「俺たちに矜持がないだと。矜持があるからこそ、無礼な蕎麦屋を懲らしめているのだ」

ふん、と俊介は鼻を鳴らした。

「本当につまらぬな。その言い草には反吐《へど》が出る。おぬしらが侍だとはとても思えぬ」

そうだ、そうだ、と野次馬が声を放つ。侍ならちっとは侍らしくしやがれ。

七人が、野次馬たちを憎々しげににらみつける。一人が俊介に顔を戻した。

「きさま、俺たちを愚弄《ぐろう》するつもりか」

「愚弄されて当然のことをしているからな」

「なんだと」

男が刀に手をかける。ほかの男もいつでも刀を引き抜ける体勢を取った。

頭目の男を含め、たいした腕を持つ者がいないのは、俊介はすでに見て取っている。だが、抜刀したらなにが起きるかわからない。野次馬に怪我人が出るおそれもある。ここは、できればこの者たちに刀を抜かせないほうがよい。

俊介は目の前の男を凝視した。

「馬鹿につける薬はないというが、本当だな。気に入らぬことがあると、なんでも刀に頼りたがる。たいした腕でもないくせに、自分が遣えると思い込んでいるから、よけい始末が悪い」

「きさま、斬る」

男が刀を抜こうとした。その前に俊介は男を殴りつけた。がつ、と音がし、男がのけぞり、次の瞬間、棒立ちになり、地面に崩れ落ちた。拳はあやまたず男の顎をとらえていた。

「きさま」

「やりおったな」

「成敗してくれる」

侍たちがいっせいに刀を抜こうとする。俊介は拳を振るい、足を繰り出した。肘も使った。辰之助も同じことをしている。

ほんの数瞬で、七人の男たちはすべて地面に倒れこみ、うなっていた。刀を半分ほどまで抜いた者が三人おり、抜き身を手にしている者も二人いるが、これなら上出来だろう。すげえ、強えなあ、あの二人は何者だい。野次馬たちから嘆声が漏れる。

取り巻きが素手で全員叩きのめされて、頭目の男からは血の気が引き、笑顔は凍りついている。

俊介はゆっくりと男に近づいた。

「おぬしらの力なんざ、こんなものだ。次からは町人をいじめるような真似は慎むことだな。今度は、命を失うようなしっぺ返しを食らうぞ。それから、おぬしらが壊した食器の類《たぐい》だが、必ず弁償することだ。わかったな」

俊介は体を翻した。

「きさまぁ」

甲高《かんだか》い声を発した男が刀を引き抜きざま、うしろから斬りかかってきた。

「まだ懲りぬか」

辰之助が男の前に立ちはだかろうとしたが、俊介は一瞬で男の懐に飛び込むや、腹に拳を見舞った。

そこそこ鍛えてあるようで、腹には筋肉の鎧がわずかながらもあったが、俊介の拳には、昨夜の賊ですらうめき声を漏らしたほどの威力が秘められている。男は刀を放り出し、力なく腰を折った。両膝を地面につき、こうべを垂れて、うぅ、ともだえ苦しんでいる。

少しは男から苦しみが去ったのを見計らって、俊介は近づき、片膝をついた。

「おぬし、蕎麦屋に弁償する気はあるのだろう。どうだ」

男は幼子のように嗚咽《おえつ》を漏らしていた。目が真っ赤だ。

「あ、ある。だから、もう殴らんでくれ」

「理由もなしに俺は殴らぬ。いま金は持っているか」

苦しげな息をつきながら、男は懐から財布を取り出した。手を突っ込み、三枚の小判をつかみ出す。

俊介は首をひねった。

「さて、小判はどうしたものかな。町人には使い道がない」

　小判は金額が大きすぎて、そのままでは日々の費えに使えないために、細かい銭に替える必要があるが、両替屋では小判の入手先を厳しくきくなりして、ふつうの町人では、なかなか両替してもらえない。

「小判の両替をしたことはあるか」

　俊介は女将にただした。

「はい、何度かございます」

「ならば、小判でもかまわぬな。弁償代は、三両で足りるか」

「は、はい。十分でございます」

　俊介は男に顔を向けた。

「ならば、おぬしから女将に払ってやれ。謝るのを忘れるな」

　男がよろよろと立ち上がった。

「すまなかった。これで許してくれ」

　三両を女将に手渡す。

「あの、いただいて本当によろしいのでございますか」

「ああ、受け取ってくれ」

「ありがとうございます」

　女将が涙ぐむ。

「もう行っていいか」

暗い目で男が俊介にきく。

「おぬしのしたいようにすればよい」

唇を噛んで男が歩き出す。野次馬たちが馬鹿にした目で見ている。忘れ物だよ、といわれ、男が路上の刀を手にし、鞘におさめる。配下の男たちもふらつきながら立ち上がり、男のあとに続いた。

「ありがとうございました」

あらためて女将が俊介に礼を述べる。

「いや、当然のことをしたまでだ。最近はあの手の輩《やから》が多くて、おぬしらも難儀しているであろう。俺はどうにも見過ごせなくてな」

俊介は辰之助を見た。

「では、まいるか」

はい、と辰之助が答え、二人は道場に向けて歩きはじめた。

「あの、お名は」

女将があわててたずねる。俊介は振り返って、にこりと笑った。

「名乗るほどの者ではない」

再び歩き出す。あの御仁《ごじん》は確か真田さまの若殿だよ、というささやき声が俊介の耳に届いた。女将がはっとして、声の主を捜す。

なんだ、ばれていたのか、と俊介は歩を運びつつ思った。

もっとも、少しやり過ぎたかという気分がないわけではない。あの男たちは蕎麦屋に悪さをしていたとはいえ、あやつらの顔が立つような手立てをとれなかったものなのか。

父の幸貫なら、まったく異なる手段を用いたのではあるまいか。

俺はまだまだだな。

そんなことを思いつつ、俊介は足を動かし続けた。

六

最後に面《めん》をつける。

それだけで体が引き締まり、気合が入るから、剣術はやっていて楽しいのだ。

ここ東田《ひがしだ》道場は、奥脇《おくわき》流という一刀流の流派である。奥脇流は戦国の昔、真田家に仕えていたこともある奥脇景吾《けいご》という武者が興したのだが、創始者が真田家ゆかりの者と知って、まだ十歳になる前から、俊介はこの道場に通いはじめたのである。

隣で辰之助も防具を着け終えた。二人は立ち上がり、汗くさい納戸《なんど》から道場に出た。

大勢の者が竹刀《しない》を手に打ち合っている。道場中に気合がほとばしり、汗が飛び散っている。もともと戦国の頃に創始された流派だけに、常に実戦を重視している。ずっと昔は防具なしで稽古をしていたらしいが、さすがに時代に合わなくなり、二十年ばかり前に防具を使っての稽古が取り入れられ、今に至っている。

防具を身につけることで、稽古はより激しさと厳しさを増したという古参の門人もいるくらいだから、なまっちょろいときらう者がいる反面、門人が防具を着用することで、よいこともあるのである。

道場主の東田圭之輔《けいのすけ》は、今日、所用で出かけているということで、帰りは少し遅くなるそうだ。俊介は圭之輔の温厚な風貌とのんびりとした物言いが大好きで、顔を見られそうにないのは至極残念だ。

俊介と辰之助は遠慮することなく、道場の真ん中で稽古をはじめた。道場においては身分は関係なく、存分に打ち込んでくるようにいってある。それでなくては上達を望めないことを辰之助も知っているから、竹刀を目一杯に振ってくる。

実際のところ、三十二里の道のりを往って帰ってきた者の竹刀さばきではなかった。俊介は受けるのにかなり苦労させられた。だが、稽古というのはこうでなくてはいけない。常より高い障壁を乗り越えないことには、剣は決して伸びない。

竹刀を打ち合っての激しい稽古は、腕にまさる辰之助のほうがずっと優勢だったが、四半刻ほど経過したとき、自分でもほれぼれするような面が決まったことで、俊介は心からの満足を得られた。その感触を忘れたくなくて、それから俊介はさらに熱を入れて稽古をした。さらに半刻近く稽古を行ったが、さすがに息が切れ、辰之助に声をかけて道場の端で休もうとした。

「若殿」

声をかけて、そばに寄ってきた者がいる。にこにこと人のよさそうな笑みを浮かべている。なよっとした感じの男で、背丈が五尺を切っていることもあり、ちょっと見は十いくつかの男の子のようにしか見えないが、実際の年は俊介の一つ下の十八である。皆川仁八郎《みながわじんぱちろう》といい、恐ろしく敏捷《びんしょう》な剣を遣う。

「もうお休みですか」

仁八郎にいわれて、俊介はむっとした。

「馬鹿をいうな。稽古をはじめてまだたった一刻たらずだぞ。久しぶりに来たというのに、俺がそんなに早く休むわけがない」

それを聞いて、辰之助がくすりと笑う。

「でしたら、それがしとやりませぬか」

仁八郎が誘ってきた。

「よかろう」

思う壺《つぼ》だったか、と俊介は思ったものの、もうあとへは引けない。いったん面を脱ぎ、顔の汗をふいた。それから竹刀を構えて仁八郎と向き合った。門人たちの稽古を見守ることの多い仁八郎が立ち合うということで、大勢の門人が稽古の手を止めて、俊介たちに見入っている。

面越しに見る仁八郎は、さすがに隙がない。十八の若さで、ここ東田道場の師範代をつとめるだけのことはある。まさに天才剣士といってよい。昨夜の浪人とやり合ったら、どちらが勝つだろうか。

「行きますよ」

余裕綽々《しゃくしゃく》に声をかけてきた。

「いや、こちらから行かせてもらう」

先手先手で攻撃を仕掛けていかないと、仁八郎の渦に巻き込まれることになる。なにしろ剣が速いのだ。目にもとまらぬとは、仁八郎の斬撃のためにあるような言葉である。

俊介は前に出て、上段から竹刀を振り下ろしていった。軽やかによけた仁八郎は胴を狙う。いや、そう見せられただけで、竹刀は動いていない。

くそう。俊介は逆胴に竹刀を繰り出した。それはぴしりと弾かれ、仁八郎の竹刀は俊介の面を打つかに見えた。俊介はあわてて下がったが、実際には仁八郎の竹刀はぴくりとも動いていない。これも、面を打つと見せかけただけだ。

俊介はだんと床を蹴り、突進した。動けるだけ動いて、仁八郎を攪乱《かくらん》するしかない。そう踏んで、竹刀を胴から面、また胴と振り、さらに逆胴を再び狙った。

いずれも足の運びだけでかわした仁八郎だったが、逆胴だけは受けてきた。鍔迫《つばぜ》り合いになり、体格でも力でも上回っている俊介は、ぐいぐいと押した。

仁八郎がずるずると下がってゆく。俊介は竹刀を押して一気に突き放した。仁八郎が後ろ向きに宙を飛んだ。右の腋《わき》の下にはっきりと隙が見えた。今なら胴の守りが留守になっている。俊介は思い切り踏み込んで竹刀を打ち込んだ。

胴を打ち抜く小気味よい音が響く。はずだったが、実際に俊介が耳にしたのは、簞笥《たんす》でも倒れたかのような大きな音だった。しかも、視野から仁八郎が消え失せ、代わりに天井が見えている。

なにがどうなったのか、俊介にはさっぱりわからなかったが、自分が仁八郎に打たれたことだけは解した。

視野に仁八郎の顔が入り込む。

「大丈夫ですか」

「ああ、平気だ」

俊介は床の上に起き上がった。そばに辰之助も来ていて、心配そうな顔で見ている。

「なにがどうなった」

「若殿は仁八郎どのに胸を突かれたのでございます」

「それで吹っ飛ばされたのか。だが、仁八郎の竹刀はまったく見えなかったぞ」

「見えないのも当然でしょう。仁八郎どのの竹刀は床を這うようにして一気に龍のように上に伸びてゆきましたから」

胴の上から胸に触れた。痛くはない。だが、もし喉をやられていたら。死んでいたかもしれない。仁八郎は過またず胸を突いてくれたのだ。

「ものの見事に遊ばれたな」

嘆息して俊介は面を取った。

「仁八郎、どうすればそんなに強くなれる」

さあ、と仁八郎が首をひねる。

「師範代としてこんなことをいうのはどうかと思いますが、それがしには正直、どうすれば強くなるのか、よくわかりませぬ」

「そなたは天才だからな」

「とにかく、一所懸命に稽古に励むしかないのではないかと存じます」

「まだ俺の稽古は足りぬか」

「全然足りませぬよ。若殿は、それがしの半分も竹刀を振っておられぬでしょう」

「仁八郎はどのくらい竹刀を振っているのだ」

「日に五千回は振っております」

なんだと。俊介は仰天した。辰之助も目をみはっている。

「半分どころではないな。十分が一も振っておらぬ」

「それでは上達は見込めませんね」

俊介は苦笑した。

「相変わらずはっきりいうな」

「いくら申し上げても、若殿はなかなか稽古にいらっしゃいませんから」

「来たいとは思っているのだがな。もっとしっかりと稽古に打ち込まぬと、仁八郎に差をつけられる一方であるというのはよくわかった」

俊介は立ち上がった。ふらつきはない。ただ、じんわりと胸の真ん中が痛い。このざまでは、昨夜、あの浪人とやり合わずにすんでよかったということだ。死んだことも知らずに殺されていただろう。あの浪人の言葉に誇張はなかった。

仁八郎も立ち、面を脱ぐ。そうすると、少年のような顔があらわれる。しかも、どこかなよっとしている。あのすさまじいまでの技の切れと、この顔とが、どうにも一致しない。別の人物としか思えない。竹刀を持つと、異なる人間に様変《さまが》わるということか。

俊介は辰之助とともに納戸に向かった。

「若殿、もうお帰りですか」

仁八郎が残念そうにきく。

「うむ、すまぬな」

「これからお屋敷に戻られるのですか」

「そうだ」

「やはりお大名の跡取りは、いろいろとお忙しいのですね」

「いや、そんなに忙しくはない。あまり遅くなって、父上に心配をかけたくないだけだ」

「おや、ずいぶん殊勝なことをおっしゃいますね。なにかあったのですか」

さすがに天才剣士だけに、勘が鋭い。

「いや、なにもないさ。仁八郎、いい汗をかかせてもらった。また来るゆえ、今度も遠慮なく叩きのめしてくれ。ここに来ると、身分を忘れられるのがとてもよい」

仁八郎がにやりとする。

「若殿は、お大名の跡取りという身分が、おいやなのですか」

「そんなことはない。居心地はいいさ。だが、ときおり仁八郎のように自由に動ける者がうらやましくなることがある」

ふふ、と仁八郎が笑う。

「若殿が、旗本三百石の三男坊の座がほしいとおっしゃるのなら、それがしは喜んで差し出しますよ」

俊介も笑みをこぼした。

「うむ、二、三日なら代わってもよいかな。仁八郎、では、これでな」

仁八郎がていねいに辞儀する。

「またのお越しをお待ちしております」

「うむ、日をおかずにまいる」

俊介は辰之助をうながして外に出た。

「若殿、本当にまっすぐ屋敷にお戻りになるのでございますか」

道場から一町ほど離れたとき、辰之助がきいてきた。

「うむ、そのつもりだ」

「さようでございますか」

「仁八郎と同様、辰之助も意外か」

「はい、少し」

「昨夜、襲われたのが少し尾を引いているのは事実だが、こうして辰之助と一緒にいる分にはまったく怖さはない。だが、父上にご心配をかけたくないのは、まことのことだ。できるだけ早く戻り、無事な顔を見せてさしあげたほうがよかろう」

「とてもよいお心がけにございます」

「辰之助、ほめてくれるか」

「もちろんでございます」

「俺は幼い頃からほめられるのが大好きだ。跳びはねたくなってしまう」

「来年で二十歳になられるのですから、おやめください」

「そうか、俺はもう二十歳になるのか。月日がたつのは早いものよ」

「光陰《こういん》人を待たずと申しますから」

「光陰矢のごとしともいうな」

光は日、陰は月を意味し、時や歳月を指す。

平川町三丁目に入り、道が達磨《だるま》坂《ざか》とも諏訪《すわ》坂《ざか》とも呼ばれる下り坂に変わったとき、俊介は横合いの路地にしゃがみ込んで泣いている女の子を見つけた。六、七歳だろうか。

「どうした」

俊介は小さな背中に声をかけた。だが、女の子は泣くばかりで、俊介を見ようとしない。

俊介はそっと背中に触れた。あたたかな体温が伝わってくる。熱いくらいだ。

「どうした、なぜ泣く」

女の子が急に立ち上がった。

「おじさんは誰」

しゃくり上げながらきく。

「通りすがりの者だ。これは供の者だ」

「じゃ、お殿さまなの」

「いや、ちがう」

俊介は目の高さを合わせた。

「そなた、名はなんという」

「きみ、というの。お友達は、おきみちゃんと呼んでくれる」

「そうか。おきみと呼んでよいか」

おきみが涙目で俊介を見つめる。

「うん、もちろんよ。うしろのおじさんも呼んでいいよ」

辰之助が笑みを浮かべて顎を引く。

「かたじけない」

「それでおきみ、どうして泣いていたのだ」

「さっきまで、この木の上にいたの」

おきみが、かたわらの大木を指さす。欅《けやき》のかなりの大木だ。胴回りは太く、高さも五丈ではきかない。新之丞と同じで、登ったはいいが、降りられなくなった、ということではなさそうだ。

「とてもあったかかったから、あたし、眠っちゃったの」

「えっ、この木の上でか」

「そうよ」

「それはすごいな。俺はそんな真似はできぬ。まちがいなく落ちるだろうから。頭を打って死んでしまうかもしれぬ」

辰之助は信じられぬという顔で、首を何度も振っている。

「私は、よくやっているから大丈夫よ。そんなへまはしないわ」

おきみはもう泣き止んでいる。話をすることに夢中になっていた。

「そうか。それで」

「夢を見たの」

「ほう、どんな」

ごくりとおきみが息をのむ。涙がじわっとあふれてきた。

「怖い夢だったのだな」

おきみがこくりとうなずく。

「無理に話すことはないぞ。怖い夢など、思い出したくないだろう。とはいっても、もう思い出してしまったようだな」

おきみが涙を手の甲でこする。

「おっかさんがね……」

俊介と辰之助は無言で次の言葉を待った。

おきみが顔を上げて、俊介を見つめる。

「おとっつぁんを殺す夢だったの」

なんだと、と俊介は思った。だが、すぐに体から力を抜いた。

「夢でよかったな。おとっつぁんとおっかさんは仲がよいのだろう」

「うん、とても」

「二人とも元気なんだな」

「うん、元気よ」

「ならば、おきみ、怖い夢など、気に病むことはないぞ。――おとっつぁんの仕事は」

「錺《かざり》職人よ」

「腕は」

おきみが薄い胸を張った。

「とてもよいって評判よ。注文が引きも切らないの」

「ほう、そいつはすばらしい。俺も一つ、なにかつくってもらうかな」

「簪《かんざし》はどう」

「いいな。ちょうど一本、ほしかったところだ。頼めば、すぐにつくってもらえるのか」

おきみが細い首をひねる。

「さあ、どうかしら。おとっつぁんにきかないとわからないわ」

「連れていってくれるか」

おきみが小さな胸を叩く。

「おやすいご用よ」

ついてきて、というおきみのうしろに俊介たちは続いた。

「若殿、本当に注文するのでございますか」

辰之助がささやき声できく。

「うむ、そのつもりだ」

「簪をお買いになっても、贈る相手がおらぬではありませぬか」

「買ってから見つける。辰之助も買ったらどうだ」

「そうしますかな」

むっ、と俊介は辰之助を見やった。

「そなた、まさか贈る相手がいるのではなかろうな」

辰之助がにこりとする。

「ご心配には及びませぬ」

「それを聞いて安心した。そなたも、買ってから相手を見つけようという魂胆だな」

「そのつもりでございます。ただし、気に入ったものがあったときに限りますが」

「うむ、それでよい」

そんなことを二人で話していると、一軒家の前でおきみが立ち止まった。

「ここよ」

おきみが障子戸を横に滑らせる。

「ただいま、おとっつぁん」

「おう、お帰り」

やさしい声が投げられた。三和土《たたき》の奥は部屋になっており、そこで俊介たちより十は上と思える男が小さな机を台にして、金槌《かなづち》を使っていた。

「おや、お客さまかい」

「うん、簪がほしいんだって」

「簪かい」

　男が困ったような顔になる。立ち上がり、俊介たちの前にやってきて正座した。

「申し上げにくいのでございますが、いま注文がたくさん入っておりまして、お武家さまのご注文を承《うけたまわ》れるのは、三月《みつき》ほど先になってしまうのでございます……」

「そんなに先か」

　よほど腕のよい職人なのだろう。

　部屋の右側にある小さな簞笥《たんす》の上に、何本かの簪が置かれているのに俊介は気づいた。そのうちの一本に目を惹《ひ》かれた。

「その漆塗《うるしぬ》りの玉簪は」

「ああ、これは修理で持ち込まれた品なんですよ。持ち主が決まっておりまして」

「そうか。それは残念だ。もう修理済みか」

「いえ、あと仕上げが残っております」

「見せてもらえぬか。見るだけでよい」

「はい、承知いたしました」

　俊介は受け取った。この簪はとにかく玉がすばらしい。玉に黒漆の重ね塗りがしてあり、その上に上品に金粉が振ってある。滝を思わせる模様である。

「これは、挿した者が歩くと蝶の羽のようにきらきらと光り、立ち止まると黒髪がさらに映えるという代物《しろもの》だな」

おきみの父親が、おっという顔をする。

「お侍、すごい目をしていらっしゃいますね」

「図星だったか」

「はい、まっことその通りでして。その玉簪はあっしが工夫したものですけど、黒《くろ》蝶《ちょう》の夢という名をつけたんでさ」

「黒蝶の夢か。ふさわしい名だな」

俊介はほれぼれと眺めた。

「こんな簪を持てるなど、よほどのお大尽だろうな」

「はあ、さようで」

少し浮かない顔になった。

「どうかしたのか」

「えっ、ああ、いえ、なんでもありません」

俊介は簪を返した。受け取ったおきみの父親が元の場所に簪を置いた。

「お侍、これはいかがですかい」

黒蝶の夢の横に置いてある簪を取り上げた。

「これもあっしが昔つくったもので、愛着があって売り物ではありませんが、お侍なら、お譲りしてもようございますよ」

「見せてくれるか」

俊介は簪を手にした。黒蝶の夢よりはやや落ちるが、これもすばらしい出来である。厚く黒漆を塗った玉に、金粉で絡み合うように戦う竜虎が描かれている。売り物でないというのは、この意匠ではおなごが喜ばないからだろう。

だが、なかには勇ましさを感じさせる簪があってもよいではないか。

「これはいくらかな」

「おじさん、それ、買うの」

おきみが驚いたようにきく。

「うむ、そのつもりだ」

「おじさんがその簪をするの」

「いや、せぬ」

「女の人でも、する人はほとんどいないわよ」

おそらくおきみのいう通りだろうが、これだけの出来の簪は眺めているだけでも楽しい。いずれこの簪がほしいという女性《にょしょう》に出会う日がくるかもしれない。

「一分でございます」

「それでよいのか」

「はい、けっこうでございます」

「すまぬな」

おきみの父親がにっこりする。

「お礼をいうのは、こちらですよ。なにしろ、一目見て、あっしの簪をおわかりになってくれたお方ですからね」

俊介は懐から財布を取り出し、なかをのぞいた。

「あっ」

「若殿」

おきみたちに聞こえないような小さな声で辰之助が呼ぶ。

「持ち合わせがないのではございませぬか」

「その通りだ。辰之助、すまぬが、立て替えておいてくれ。必ず返すゆえ」

「承知つかまつりました」

辰之助が代を支払った。

俊介は、自分のものになった簪を袂《たもと》に落とし込んだ。おきみの父親が、時三郎《ときさぶろう》と名乗った。俊介たちは名字は口にせず、名だけを告げた。

「俊介さまに辰之助さまね」

おきみがうれしそうにいった。

「では、おきみ、これでな」

「俊介さま、辰之助さま、また来てね」

「ああ、そのうちな」

俊介たちは外に出た。辰之助が障子戸を静かに閉める。おっかさんはどうしたの、とたずねるおきみの声がした。ちょっと晩の買物に出ているんだよ、と時三郎が答えている。

俊介たちは歩き出した。

「辰之助、とてもよい買物ができたぞ」

「ようございましたね」

「この簪を喜ぶおなごとの出会いがないものかな」

「きっとございますとも」

「そうかな」

「そうに決まっております」

俊介は破顔した。

「よし、辰之助の言葉を信じることにいたそう」

晩春の暖かな日も、じき暮れる。日が落ちる前に、俊介たちは上屋敷に戻らなければならない。なにしろ門限は暮れ六つなのだ。

二人は知らず急ぎ足になっていた。

第二章　黒蝶の夢

一

平伏した。

「よくまいった」

穏やかな声が頭上にかかる。

「勘解由、面を上げよ」

大岡勘解由は控えめに顔を動かした。

「うむ、元気そうでなによりだ」

脇息《きょうそく》にもたれた主君の幸貫が頬を柔和にゆるめ、見つめている。

「疲れておらぬか」

勘解由は日焼けした顔に苦笑を刻んだ。

「さすがに年ゆえ、長旅はこたえます」

「ご苦労であったな。今日はゆっくりと休め」

勘解由は静かにかぶりを振った。

「そうもいっておられませぬ」

幸貫が眉根を寄せる。

「金の算段か」

「はっ」

勘解由は頭を下げた。

「稲垣屋《いながき》だな。これよりまいるのか」

「さようにございます」

「今回はいかほど用立ててもらう」

「少なくとも千両は都合してもらわなければ、と思うております」

「そんなにか」

幸貫がため息をつく。

「はい。物入りでございますゆえ。相変わらず千曲川《ちくまがわ》の改修にも手こずっておりまする」

千曲川は暴れ川で、大水のたびに流路を変え、命や家を失う者があとを絶たない。それだけでなく、苦労の末にようやく切り拓いた田畑を台無しにする。

特に寛保《かんぽう》二年（一七四二）に起きた大洪水は千曲川における最悪の大水で、その年の干支《えと》から戌《いぬ》の満水《まんすい》と呼ばれているが、三千人近い死者を出した。

この暴れ川を押さえ込むことができれば、米の収量は一気に伸び、年貢の増収と領民の暮らしの安定につながるのは紛れもないが、なかなかことはたやすくおさまらない。真田家が千曲川と関わり合って、すでに二百年近いときが刻まれているが、いまだに御《ぎょ》すことができずにいる。

「稲垣屋は貸してくれるのか。我が家《いえ》はすでに一万両を超える借財を抱えている」

「おっしゃる通りにございます」

勘解由は深くうなずいた。

「ただし、利払いだけは、これまで滞らせたことはありませぬ。ゆえにこの白髪頭を畳にこすりつければ、先方もいやとはいわぬのではないかと愚考している次第にございます」

「すまぬな、苦労をかけて」

勘解由は首を横に振った。

「いえ、それがそれがしのつとめにございますゆえ、苦労とは思うておりませぬ」

「そなたのような者がおるから、我が家はなんとか続いていられる。勘解由、余は感謝しているぞ」

「ありがたきお言葉」

勘解由は畳に両手をそろえた。

「勘解由、頼んだぞ」

「承知つかまつりました」

勘解由は力強く答えた。すでに稲垣屋への根回しはすんでいる。あとは顔を見せて、頼み込む仕草をするだけでよい。

「ところで勘解由」

幸貫に呼ばれ、目を上げた。

「俊介のことは聞いたか」

聞いている。勘解由が上屋敷に到着してすぐ、懇意にしている江戸詰の者がすり寄ってきて話しかけてきたのである。

「はい。なんでも、この屋敷内において賊に襲われなされたとか」

「うむ、その通りだ」

幸貫が厳しい顔つきになる。

「上屋敷において跡取りが何者とも知れぬ賊に襲われるなど、前代未聞のことといってよい。このことが外に漏れることはまずなかろうが、勘解由も心しておいてくれ」

「はっ、承知いたしました。賊はつかまったのでございますか」

「いや、まだだ。すでに十日近くたっているが、探索は難航している」

「探索に当たっているのは、田川どのでございますか」

「そうだ。目付頭としてひじょうに有能な男だが、手詰まり気味のようだな。町奉行所の者にも探索の依頼をしたとのことだが、そちらもうまくいっているとはいいがたいらしい」

「若殿に、賊の心当たりは」

「それが残念ながらないのだ」

「さようにございますか」

勘解由はこうべを垂れた。

「それがしがお役に立てればよいのですが」

「そなたは、本分に力を役立ててくれればよい。頼りにしておるぞ」

勘解由は幸貫の前を辞した。廊下を歩きつつ、自分はよいあるじに恵まれていると思う。跡取りの俊介もその血を濃く受け継いで、よき君主となる資質を備えている。だが、と勘解由は思うのだ。自分の孫である力之介のほうが俊介よりも優れているのではないか、と。

しかし、今のままでは真田家の家督を継ぐことはない。ただの部屋住でしかなく、いずれどこかに婿《むこ》に入るしかない。

惜しい。実に惜しい。勘解由は力之介が家督の座に座るときがくるのを夢見ているが、だからといって、俊介をなんとかしようなどという気はない。

俊介を殺そうとした賊は、勘解由が使嗾《しそう》した者ではない。どうしてしくじったのか、と文句の一つもいいたいくらいだが、せいぜいその程度である。

勘解由はふと立ち止まり、かたわらの障子をあけた。さあっとあたたかな風が吹き込んできた。庭が見えている。新緑がいっせいに芽吹こうとしていた。

視野の端に離れがある。勘解由は、沓脱石《くつぬぎいし》に置いてある草履を見た。離れに行こうか、と考えた。襲われた俊介がどんな様子なのか、気になっている。

しおれてはいないだろうか。だが、俊介はそんなことでへこたれるようなたまではない。きっと今も平気な顔で市中をうろつき回っているにちがいないのだ。

「おう、勘解由、来たか」

横合いからいきなり声をかけられた。見ると、俊介がにこにこして廊下を寄ってくるところだった。いま頭で考えていたばかりの者の登場に、勘解由は狼狽《ろうばい》しかけたが、すぐさま腰を折った。

「これは若殿」

　俊介のうしろには、寺岡辰之助が控えている。

「無事に着いたか。よかった」

「かたじけなく存じます。ところで若殿、賊に襲われたとうかがいましたが」

「うむ、寝所でな。だがこの通り、元気だ。傷一つない。なにも心配はいらぬ」

「賊にお心当たりはないとうかがいましたが」

「その通りだ。だが、誰かからうらみを買ったのはまちがいないようだな」

「若殿がうらみを……」

「そなたも知っての通り、俺はいろいろとやらかしているからな、知らずにうらみを買っていても不思議はない。つい先日も、町中《まちなか》でえらそうな若侍を殴りつけてしまった」

「はあ、さようでございますか」

　俊介が勘解由に温かな目を当てる。

「勘解由、長旅で疲れているであろう。今日そなたが着くのはわかっていたから、出迎えるつもりでいたが、ちと気にかかっていたことがあって、そちらの用事を済ませてきたら、そなたはすでに着いていた。出迎えもせぬで、すまなかったな」

「いえ、そのようなことはお気になされますな。お気持ちだけで十分にございます。して、お気にかかっていたこととは」

「聞かせるほどのことではないが、なじみの蕎麦《そば》屋の親父《おやじ》がここ最近、顔を見せぬので、どうかしたのかと気にしていたのだ。住みかは近所ゆえ、さっき行ってまいったのだ」

「顔を見せぬとおっしゃると、その蕎麦屋の主人はこの屋敷にちょくちょく出入りしているのでございますか」

「いや、出入りはしておらぬ。屋台の親父ゆえな」

「屋台でございますか。夜鷹《よたか》蕎麦でございますか」

「そうだ。夜に屋敷を出るのは禁じられているが、勘解由、蕎麦くらい大目に見てくれ」

勘解由は笑みを頬に刻んだ。

「それがしも蕎麦切りは大の好物でございます。若殿のお気持ちはよくわかります」

「松代の蕎麦切りはうまいそうだな」

「絶品でございます」

「唾《つば》が出るな。食してみたいものだ」

「おいでになればよいのです。公儀にお許しを得れば、若殿も国元にいらっしゃることができますぞ」

　大名の嫡子は江戸に居住しなければならぬとの決まりがあるが、国元のことをまったく知らずに家督を継いでお国入りをすると、不具合なことがあまりに多い。そのために、公儀の許可さえ取れば、家督相続前に国元を訪れてもよいことになっている。

「うむ、近いうちに必ず行こう」

「お待ちしております」

「勘解由、そのときは蕎麦切りを馳走《ちそう》してくれ」

「承知いたしました。――ところで若殿。その夜鷹蕎麦はどうして顔を見せなかったのでございますか」

「風邪を引いたのだそうだ。ずいぶん長引いたらしいが、ようやく本復した。すっかり元気だったな。今夜からまた屋台を出しはじめるそうだ」

「それはようございました」

　勘解由は辞儀した。

「では、それがしはこれにて失礼いたします」

「勘解由、相変わらず忙しいのであろうが、今日くらい、ゆっくり休んだほうがよいぞ。今夜、一緒に夜鷹蕎麦を食べに出ぬか」

「ありがたきお言葉にございます。できることなら、そうしたいのですが、今は老体に鞭《むち》打って働くことしか頭にありませぬ」

「すまぬな。苦労をかける」

「もったいないお言葉でございます」

勘解由はその場を去った。

部屋に戻る。そこには、国元から連れてきた家臣や中間《ちゆうげん》がいる。全部で十人。国家老だけに、勘解由には広い部屋が与えられている。四人の家臣にも、それぞれ一室が与えられる。六人の中間は同じ部屋に雑魚寝《ざこね》である。

脇息にもたれ、家臣がいれた茶を勘解由がすすろうとしたとき、取り次ぎの者がやってきた。来客だという。

江戸上屋敷に着いて、まだ半刻《はんとき》ほどしかたっていないのに、いったい誰なのか。だが、心当たりがないわけではない。

「稲垣屋の使いか」

その通りでございます、と取り次ぎの者は首肯した。稲垣屋には、今回の出府《しゆつぷ》の日取りは細かく伝えてある。

使いは玄関脇の小部屋で待たせてあるとのことだ。勘解由はすぐに赴いた。

使いは稲垣屋に十五人ほどいる番頭のうちの一人で、顔なじみの者だったが、いきなり勘解由を驚かせることを口にした。長旅の疲れなど一気に吹っ飛んだ。

番頭の先導で、二人の供とともに勘解由は稲垣屋に駆けつけた。本当は駕籠《かご》でゆったりと乗りつけるつもりでいたが、そんな悠長なことはしていられない。

稲垣屋は日本橋の南新堀《みなみしんぼり》一丁目に位置し、西側の堀をはさんだ近いところに南北町奉行所の組屋敷がある。稲垣屋の商売は廻船《かいせん》と酒問屋で、どちらも手広くやっている。奉公人は百人を超え、誰もが常に忙しく動き回っている。

勘解由は、番頭と一緒に表口から店に入った。なかはふだんと変わらず、大勢の者が帳面を手に行きかっていた。供の二人は右手の部屋に入れられ、勘解由のみが内暖《の》簾《れん》の奥に通された。

廊下を進む途中、勘解由の前に立った者がいた。まん丸い顔をした男で、体つきも丸く、言葉遣いは京の者のように柔らかい。だが、百人をはるかに超える奉公人をまとめ、率いる男だけに、一見柔和な目は、獲物を狙う獣のような鋭い光を放つ。その光は奉公人たちを畏怖させるのに十分過ぎるほどのものだ。

「誠太郎《せいたろう》どの、無沙汰をしてまことに申し訳ない」

誠太郎が腰を折る。

「いえ、久方ぶりにお顔を拝見でき、とてもうれしく思います。大岡さま、よくいらしてくださいました」

「例のお方はお待ちか」

声をひそめてたずねる。

「はい、半刻ほど前から」

それはずいぶんと待たせたものだ、と勘解由は思った。背中がすうーっと冷える。

「勘解由さま、手前とのお話は、のちほどゆっくりといたしましょう」

金のことだ。

「かたじけない」

誠太郎が番頭に眼差しを移す。

「さあ、大岡さまをお連れしなさい」

承知いたしました、と一礼し、番頭が再び先導をはじめる。

「こちらでございます」

番頭が勘解由に告げ、狩野《かのう》派を思わせる絵の描かれた襖《ふすま》を指し示した。

「大岡さまがお越しでございます」

番頭がなかに声をかけた。

「入れ」

いかにも大目付をつとめている者らしい尊大な声が返ってきた。

番頭が、失礼いたします、と襖をあけた。廊下に正座した勘解由の目に、床の間を背にして座る二人の侍の姿が映った。

「待ちかねたぞ、勘解由」

年のいったほうがにらみつけてきた。

「はっ。遅くなり、まことに申し訳なく存じます」

「近《ちこ》う寄れ」

「失礼いたします」

勘解由は膝行《しっこう》し、二人の前で平伏した。まさか同じ日に二度、別の者に平伏することになるとは思わなかった。

「池部《いけべ》さまにおかれましてはご壮健そうで、なによりでございます」

池部大膳《たいぜん》は軽く顎《あご》を動かしただけだ。ひどく機嫌が悪い。なにがあったのかと、思いめぐらせてみるが、先ほど江戸に着いたばかりの者に、大目付の不機嫌の理由など、わかるはずもない。

勘解由は右側の若侍にも挨拶した。

「興之助《こうのすけ》さまもお元気そうで、祝着至極《しゅうちゃくしごく》でございます」

「元気などないわ」

興之助がそっぽを向き、ぼそりとつぶやく。

「はあ」

間の抜けた声を発して、勘解由は興之助を見つめた。そういわれてみれば、少しやつれている。端整だが、どこか嫌みな顔に翳《かげ》が落ちていた。

大膳の不機嫌のわけは、このせがれにあるのやもしれぬ、と腑《ふ》に落ちたが、興之助さまのお身になにかおありでしたか、ときこうとして、勘解由は大膳にさえぎられた。

「勘解由、いつ着いた」

これは江戸にいつ到着した、ときかれているのであろうと、勘解由は解した。

「はっ、一刻ばかり前にございます」

「それにしては元気そうだな。旅の疲れなどないのではないか」

「いえ、それがしはもはや年でございますゆえ、疲れはございます」

「おぬし、いくつだったかの」

「五十九でございます」

「ふむ、来年還暦か。わしより十一も年上なのだな。若いな。見えぬぞ」

「畏《おそ》れ入ります」

大膳が傲然《ごうぜん》と胸を張り、腕組みをした。

「勘解由、聞いたか」

唐突にきかれた。頭をひねってみても、勘解由にはなんのことか、わからない。

「おぬしの若さまのことだ。俊介よ」

えっ、と勘解由は絶句しかけた。どうして大目付が、俊介が屋敷内で襲われたことを知っているのか。誰か家中の者が密告したのか。それとも、賊の側から大膳に知らせたのか。

勘解由は首をひねってみせた。

「聞いておりませぬ。若殿の身になにかあったのでございますか」

「俊介の身になにかあったわけではない」

いかにも憎々しげにいった。

「おぬし、俊介には会っておらぬのか」

「先ほど挨拶つかまつりました」

若殿はなにかやらかしたのだ、と勘解由は覚《さと》ったが、不意に脳裏をよぎったことがあった。つい先日、えらそうな若侍を殴りつけてしまった、と俊介はいっていたが、もしや殴られた若侍というのは……。

勘解由は興之助を見つめた。この推測にまちがいはない。つまり、興之助は大勢の町人の前で俊介に辱《はずかし》めを受けたことになる。だから、こんなにしおれているのだ。

「わかったようだな」

はっ、と勘解由は答えた。

「殺せ」

「えっ」

勘解由はさっと顔を上げ、大膳を見つめた。

「聞こえなかったか」

「いえ、聞こえましてございます」

「承知か」

「一つおききしてよろしいでしょうか」

「申せ」

「当家の跡取りである俊介さまが、池部さまのご次男であらせられる興之助さまを打擲《ちょうちゃく》し、大勢の者の面前で恥をかかせたということで、まちがいないのでございましょうか」

「うむ、まちがいない」

大膳が不機嫌さをあらわにいった。

「興之助さまは、俊介さまをご存じでいらっしゃいましたか」

「あの日まで会ったことはなかった。確かに顔は知らなんだが、野次馬が真田の若殿と口にしたのを、せがれの取り巻きの何人もが耳にしておる」

「さようにございましたか」

俊介の言と合わせ、興之助が俊介に恥をかかされたのは紛れもない事実だろう。さてどうするか、と勘解由は考え込んだ。大目付に命じられたからといって、主家の若殿を、はいそうですか、と殺せるはずもない。

だが、と思う。大膳は意外に将軍の覚えがよく、いずれ大名になり、老中に上り詰めるのではないか、と噂《うわさ》されている男である。老中首座にもかわいがられているとも聞く。

老中に出世するのはずっと先の話だろうが、そのときまで俊介へのうらみを抱いているのは確実だ。蛇以上に執念深いのである。もし大膳の命にしたがわなかったら、主家はどんな目に遭わされるか、知れたものではない。

大名家の家臣にとって主家の存続こそが第一ではあるが、だからといって跡継を亡き者にしてよいのか。

「勘解由、迷っておるのか」

「はい」

「迷うことはないぞ」

大膳が顔を寄せてきた。

「おぬしにとっても好都合ではないか」

大膳のいいたいことはわかる。俊介がこの世からいなくなれば、自分の孫の力之介が真田家の跡継になる。真田家中でなにが起きようと、大目付の介入は決してないのだ。俊介を毒殺しようとなにをしようと、大目付が調べに入ることはない。確かにこれはありがたい話ではある。

考えてみれば、ずっとそのことを夢見てきたではないか。それが、ついにうつつのものになるのだ。

勘解由は、さわやかな風が吹き込んできたのを感じた。自分の孫が真田家の殿さまになる。なんとすばらしいことだろうか。

勘解由は、目の前を覆っていた霧が一気に晴れ、明るい光が射《さ》してきたのを覚えた。

「決意したようだの」

「はっ」

勘解由は深くうなずいた。

「よし、すぐに殺《や》れ」

「池部さま、一つ懸念がございます」

「承知しておる。闇討ちにするにしても、おぬしには手立てがないというのだろう」

「さようにございます。それがしは四人の家臣を連れてきたに過ぎず、そのいずれもが若殿に敵する腕ではありませぬ」

「毒を飼うのは」

「それがしどもが台所に近づくのは、たいそうむずかしゅうございます」

「国元の者が江戸屋敷において、裏面で工作するのは確かに難儀ではあろうな」

大膳が顔をゆがませるような笑いを見せた。

「わしに考えがある。勘解由、案ずるな。任せておけ」

大膳が手をぱんぱんと打った。

「お呼びでございますか」

襖があき、あるじの誠太郎が顔を見せた。

「例の者だが、呼んであるな」

「はい、奥の部屋にいらっしゃいます」

「勘解由を引き合わせよ」

承知いたしました、といって誠太郎が勘解由に目を向ける。

「おいでください」

大膳に一礼してから、勘解由は立ち上がった。廊下に出て、誠太郎のあとに続く。

五間《ごけん》ほど進んだところで、誠太郎が足を止めた。失礼いたします、と襖を横に滑らせた。

一人の浪人らしい男があぐらをかいていた。

その顔に見覚えはなかったが、勘解由はどこかで会っているような気がしてならなかった。

誠太郎にうながされるままに、浪人の前に正座した。浪人からは、すさんだ感じが強く漂ってくる。大きな目は濁り、灰色の顔の肌つやはひどく悪い。

「似鳥《にとり》さま、こちらが大岡勘解由さまにございます。真田さまの国家老を務めていらっしゃいます」

いま似鳥といったか、と勘解由は浪人を見つめた。この珍しい名字は昔、耳にしたことがある。

「それがし、大岡でござる」

似鳥という浪人に気圧《けお》されるものを覚え、それから逃れるように勘解由は深く頭を下げた。ごくりと唾を飲んでから、顔を上げた。

「似鳥どの、下の名はなんといわれる」

「幹之丞《みきのじょう》だ」

浪人はぶっきらぼうに答えた。名を聞いても、まだ思い出せない。

「今はなにをされている」

勘解由は問いを重ねた。

「見ての通り、浪人だ。やくざ一家の用心棒を務めている」

剣のことはよくわからないが、腕は相当のものではあるまいか。やくざの用心棒など、この男には似つかわしくない。

剣か、と勘解由はあらためて思った。なにか引っかかるものがある。

「故郷は」

「江戸だ。といいたいところだが……」

意味ありげににやりと笑ってみせる。

まちがいなく松代なのだろう。勘解由がそう覚ったとき、不意に頭をよぎるものがあった。幹之丞を見つめ直す。見覚えがあるのは、そういうことだったのか。

「似鳥どのは、もしや……」

そのあとの言葉は続かなかった。

二

丼《どんぶり》を取り落としそうになって、あわてて持ち直す。箸は転げ落ちていった。

「それはまことか」

口から出そうになった蕎麦切りをのみ込んで、俊介は親父にただした。

親父が申し訳なさそうに頭を下げる。せっかく久しぶりの蕎麦切りを食べてもらっているときに、血なまぐさい話を持ち出したことを悔いている顔だ。俊介がおきみを見知っているとは思っていなかったから、なんの気なしに話し出したのだろう。

「手前はそう聞きました」

横で辰之助も呆然《ぼうぜん》としている。その気持ちはわかる。もし親父の話通りだとすれば、おきみの夢が正夢となってしまったからだ。

「おきみの父御《ててご》は時三郎といったな。いつ殺された」

「つい二日前だと思います」

「母親が犯人として捕まったというのは、まちがいないのか」

「はい、おきみちゃんのおっかさんは、おはまさんというんですが、御番所に引っ立てられたと、手前は聞きましたから」

辰之助に蕎麦の代金を払わせた俊介は、駆け出そうとした。だが、すぐさま足を止めた。今からおきみの家を訪ねても、迷惑なだけだろう。

おそらく、おきみはほとんど寝ていないだろうが、久しぶりに眠りに落ちていることも考えられなくはないのだ。その邪魔をしたくない。

「若殿、朝をお待ちになりますか」

俊介の気持ちを察して辰之助がきく。

「うむ、そのほうがよかろう」

俊介は夜鷹蕎麦の親父に顔を向けた。

「その事件について、ほかに知っていることはないか」

親父がかぶりを振る。

「すみません。あっしは、弟の奉公先が時三郎さんの簪《かんざし》を仕入れているもんで、事件のことを知っただけですので」

「そうか、弟から聞いたのか」

「いえ、弟とはかみさん同士、仲がとてもよいものですから、うちの女房から」

「そなたの弟に直《じか》に話をきけば、もっと詳しいことが知れるかな」

「そうかもしれません」

「奉公先の店の名を教えてくれ」

「へい、木和田《きわだ》屋といいます。弟は五助《ごすけ》と申します」

木和田屋は小間物を商っているという。

「話を聞きに行くとなったら店を訪ねてもかまわぬな」

「それはもう。真田さまの若殿がおいでとなったら、木和田屋の者は皆、驚いて腰を抜かしましょう」

木和田屋の場所もきいた。俊介たちはいったん屋敷に戻ることにした。いつもと同じように塀を乗り越え、離れまでやってきた。

「お眠りになりますか」

離れに上がって辰之助がきく。

「うむ、そのつもりだ。おきみの顔が思い浮かんで眠れぬだろうが、明日のことを考えれば、寝ておいたほうがよい」

「では、それがしも横になります」

「うむ。明日は夜明け頃に出よう」

承知いたしました、と頭を下げて辰之助が隣の部屋へと入った。何者とも知れぬ者に襲われて以降、辰之助はこの離れで寝起きしている。

俊介は布団に横になった。目を閉じると、おきみの顔が浮かんできた。しくしくと泣いている。悲しみのどん底にいるおきみが哀れでならなかった。

それにしても、と俊介は思った。本当におはまという女房が時三郎を殺したのか。おきみは、夫婦仲はよいといっていた。子の前では仲よくしてみせる夫婦は少なくないらしいが、時三郎とおはまもそうだったのだろうか。

とにかく明日だ、と俊介は自らにいい聞かせた。眠れなくとも、こうして目をつぶっているだけで、疲れは取れるものだと以前、御典医がいっていた。

そう考えたら、気が楽になり、俊介はいつしか眠りの海に船を進めていた。


素早く起き上がった。

夢だったか、と俊介は吐息を漏らした。黒い影が躍りかかってきたところで目が覚めたのである。

　俊介は立ち上がって障子をあけた。庭にはまだ暗さが満ちている。鶏の声はどこからも聞こえてこず、東の空は白んでいない。いま何刻なのか。大気の感じから、明け六つにはまだ一刻ほどあるだろうか。

　だとすると、一刻半は眠ったことになろうか。もはや眠気はない。だからといって、隣で寝ている辰之助を起こすわけにはいかない。それでも、いつ出かけることになってもよいように、俊介は着替えを済ませた。

「若殿、お目覚めでございますか」

　俊介の様子をまるで見ていたかのように、隣の間から声がかかる。

「辰之助、起こしてしまったか」

「いえ、四半刻ほど前より起きていました」

　俊介は襖の前に立った。

「あけるぞ」

　襖を横に引くと、暗い部屋の畳の上で辰之助が正座していた。辰之助が自室から持ち込んだ布団はたたまれ、壁際に置かれている。すでに平服への着替えも終えていた。

　それを見て、俊介はにこりとした。

「用意万端だな。辰之助、まいるか」

辰之助が大きくうなずいた。

「はい、まいりましょう」

明け六つに、屋敷の門はあくことになっている。だが、各所からさまざまな物音がきこえてきている。門衛も起きているはずだ。頼めば、明け六つ前といっても、くぐり戸から出してもらえる。二人は実際にそうした。

まずは、おきみの様子を知りたかった。平川町三丁目へ向かう。辰之助が提灯《ちょうちん》を灯《とも》し、俊介を先導する。辰之助は、あたりに警戒の目を配ることを忘れていない。

父の、ゆめ油断すな、との言葉通り、俊介にも気をゆるめるつもりは一切ない。

二人は急ぎ足に道を進んだ。

四半刻もかからずに平川町三丁目に入った。おきみの家に着く頃に夜が明けた。あたりはすっかり明るくなり、辰之助が提灯を消した。家の前に人々が出て掃き掃除をし、朗らかに朝の挨拶をしている。

そんななか、おきみの家はまだそこだけ夜が明けていないかのようにひっそりと沈んでいた。俊介は戸口に近づいた。見ると、がっちりとした錠前がつけられ、戸はあかないようになっていた。

ここにはおらぬな、と判断したものの、俊介は控えめに訪《おとな》いを入れてみた。やはり応《いら》えは返ってこない。家のなかにも人の気配は感じられない。

「縁者に引き取られたかな」

父が殺され、母が下手人としてつかまった。考えてみれば、おきみはこの家に独りぼっちということになる。あの幼さで、一人でいられるわけがない。ちょうど向かいの家の女房が、家の前の植木に水やりをはじめた。辰之助が歩み寄り、おきみのことをたずねる。

「ああ、おきみちゃんなら、近くの長屋にいますよ。かわいそうに」

おきみとよく一緒に遊んでいる女の子の家だそうだ。俊介と辰之助はさっそく向かった。

長屋は太右衛門店《たえもんだな》といい、割長屋《わりながや》だった。三方向が閉ざされている棟割《むねわり》長屋と異なり、割長屋は風通しもよいし、明るさの面でも段違いである。その分、家賃は棟割長屋の倍はする。

先ほどの女房によれば、木戸に最も近い店におきみはいるとのことだ。おきみの友達の名はおゆかで、両親は源平《げんぺい》とおみくである。

長屋の井戸端では、女房たちが洗濯の真っ最中だった。何人か小さな子たちも、母親にひっついて遊んでいる。そのなかに、おきみの姿はなかった。

辰之助が源平の店の障子戸を叩《たた》いた。

「あら、あたしんちにご用ですか」

井戸端で洗濯板を使っていた女房の一人が立ち上がり、近づいてきた。

「おきみに会いに来たのだが」

「あの、お侍方は、おきみちゃんのお知り合いですか」

「うむ、そうだ。おきみの紹介で簪を譲ってもらったのだ」

「ああ、時三郎さんの簪ですね」

くすんと鼻を鳴らし、女房が涙ぐむ。

「とても人気があって、手に入れにくいって評判でしたからねえ。それがあんなことになっちまって……」

「そなた、おみくか」

「はい、そうです。よくご存じですね」

「うむ、おきみの家の向かいの女房に聞いてまいった。おきみの様子はどうだ」

「当たり前でしょうけど、元気はありません。声をかけても、ただ力なく笑うだけなんです」

「食事は」

「ほとんど箸をつけません」

「今どこに」

「なかですよ」

女房が、大工、と墨書された障子戸をからりとあけた。二部屋が横に続いている。

「あら、いないわ」

女房が血相を変える。

「どこ、行っちゃったのかしら。決して目を離すなって亭主からいわれてるんですよ。あら、困ったわ」

女房がおろおろしはじめる。

「娘のおゆかはどこだ」

「あっ、そういえば、娘の姿も見えませんね。二人で出かけたのかしら」

「よし、俺たちが捜してみよう」

「ありがとうございます。でも私も捜さなくっちゃ。おきみちゃん、思い詰めていたし」

それも無理はないだろう。まさか自ら命を絶つようなことはないと思うが、女の子というのは気持ちが高ぶると、なにをするかわからない。

おみくが長屋の木戸を出ていった。俊介も続こうとしたが、その前に知りたいことがあることを思い出した。

井戸端に行き、女房たちの前に立った。おきみのことは気になって仕方ないが、自ら命を絶つようなことはないと信じた。閉じこもってばかりでは体に悪く、きっとおゆかに気晴らしに誘われたにちがいあるまい。

女房は全部で七人いた。幼い子供は八人だ。子供のつぶらな瞳が俊介たちをじっと見る。

「少し話を聞きたいのだが、よいか」

俊介は申し出た。

「話ってなんのですか」

「時三郎が殺されたことだ」

女房たちの顔が一様にこわばる。

「あの、お侍方は御番所の方ですか」

一人が意を決したようにきいてきた。

「そうではない。おきみの知り合いだ。事件のことを聞き、すっ飛んできた」

「ああ、そういうことですか」

「それでしたら、なんでもお聞きになってくだすって、けっこうですよ」

かたじけない、と俊介は微笑した。

「まずは、事件のあらましを教えてくれ」

一人が洗濯の手を止め、話しはじめる。

「時三郎さんは、三日前の晩、むくろで見つかったんです。背中から心の臓を刺されていました」

凶器と考えられたのは血のついた簪で、それが時三郎のかたわらに落ちていた。

「その簪は一緒になるとき、時三郎さんがおはまさんに贈ったものなんですよ」

「だが、それが決め手となって、おはまはしょっ引かれたわけではあるまい」

「はい。実はその晩、時三郎さんとおはまさん、なにが原因なのか、激しい喧嘩《けんか》をしたらしいんです。それで時三郎さんはふらりと家を出ていったらしいのです。そのあと、むくろで見つかりました。おはまさんが、ちょっと待ちなさいよと、追いかけていくところを何人もの人が見ていたらしくて」

別の女房が続ける。

「おはまさん、殺してやるっていったらしいんです。おはまさんの目はつり上がり、それが本気にしか思えなかったそうなんですよ」

「そなた、そのときのおはまを見ていた者から、じかに話を聞いたのか」

女房があわててかぶりを振る。

「いえ、今のは噂です」

そうか、と俊介はいい、続けるように頼んだ。最初の女房が再び話し出す。

「これも噂なんですけど、御番所の牢《ろう》のなかでおはまさんは、時三郎さんを手にかけていないといい張っているらしいんですよ」

「ふむ、認めておらぬのだな」

「二人の喧嘩の原因はよくわからないんですけど、時三郎さん、金回りがよかったですから、もしかしたら、女の人がいたのかもしれません」

確かに金がなければ、ふつうの職人では一軒家に住むことはまずできない。

「おはまさんは惚《ほ》れられて一緒になりましたからね。そういう場合、亭主の浮気は特に許せないでしょうねえ」

「時三郎の浮気相手を知っている者はいるか」

女房たちがいっせいに首を振る。

「時三郎さんが本当に浮気していたか、それもわからないですから。時三郎さん、おはまさんにぞっこんでしたし」

「夫婦が喧嘩していたとき、おきみはどこにいた」

「一緒に家にいたと思いますよ」

「二人が外に出ていって、一人、留守番をしていたのかな」

「そういうことかもしれませんね」

俊介は女房たちに礼をいって、太右衛門店をあとにした。

「さて、おきみを捜さなければな」

通りに出て、俊介は町を眺め渡した。相変わらず今日も大勢の人が行きかっている。

左右から人の波が迫ってくる感じだ。

「若殿、おきみの居場所に心当たりはありますか」

「うむ、ある」

「えっ、まことですか」

「自信があるぞ。辰之助、まいろう」

足早に歩き出した俊介が次に足を止めたのは、路地に立つ欅《けやき》の大木のそばである。

俊介は手庇《てびさし》をかざし、見上げた。

「いたぞ」

二人の女の子が、横に張り出した太い枝にちょこんと座っている。まさかあそこから二人して飛びおりようとする算段ではあるまい。

「どういたしますか」

見上げて、辰之助がきく。

「そうだな、降りてくるようにいうか」

「はい、そうしましょう」

辰之助が手で筒の形をつくって、呼びかけようとする。

「待て」

制せられて、辰之助が俊介を見る。まじまじと見つめてから、不意にまさか、という表情になった。

「若殿、無茶はおやめください」

「無茶とはなんだ」

「おとぼけになりますか。この木に登るおつもりでしょう」

俊介は辰之助を見直した。

「よくわかるな」

「若殿のお考えになることなど、お見通しでございます。なにしろ、幼い頃からずっと一緒でございますから」

俊介は辰之助に優しい眼差《まなざ》しを注いだ。

「辰之助、そなたはここにおればよい」

「そういうわけにはまいりませぬ。若殿がお登りになるのなら、それがしもご一緒いたします」

「強がらずともよい。そなた、高いところは苦手ではないか」

むっ、と辰之助が詰まる。

「俺一人で行ってくる。なにも二人で行くことはない」

「しかし……」

「よいのだ、辰之助。もしおぬしが落ちるようなことになったら、目も当てられぬ。

ここでおとなしく待っておれ」

「しかし、もし若殿の身になにかあったら、と思うと、それがし、いても立ってもいられませぬ。いえ、その前に、若殿は高いところは得手でございましたか」

俊介は胸を張った。

「得手に決まっておろう。俺は高いところは大好きだぞ」

「さようにございましたか」

「とにかく行ってくる」

辰之助に告げて、俊介は欅に手をかけた。できるだけ太い枝を手がかり、足がかりにして、ひょいひょいと登ってゆく。

途中、まだあまり高さを稼いでいないときにちらりと下を見た。辰之助が心配そうに見つめている。はらはらしているのが伝わってくる。

そんな顔をするな、と俊介は心で告げた。そんな顔をされると、ぐっと怖さが増すではないか。

怖い。寒けがするくらい怖い。

それでも、おきみに下から呼びかけるべきだったとは思わなかった。どんな困難だろうと、おきみには、こちらから会いに行ってやらなければならないような気がする。

物心つく前からのつき合いである辰之助が、実は俊介が高いところが不得手なのを知らぬのは、単に俊介が高い場所にほとんど行かなかったからであろう。塀くらいの高さならなんということもないが、それ以上、高いところになると、足がすくんで動けなくなる。今もそういうふうになりつつある。

怖さに負けて止まったら、きっと動けなくなってしまう。俊介は下を見ることなく、必死に登り続けた。

おきみとおゆかの姿を捜して、上を見る。だが、葉っぱに邪魔されて見えない。代わりに空が視野に映り込む。それだけで足から力が抜けて、頼りなくなる。今にも足が枝から外れ、落ちてしまうのではあるまいか。

いや、そんなことがあるものか。俺がこんなところで死ぬわけがない。必ず登り切ってやる。おきみ、待っておれ。いま行くからな。

どのくらい登ってきたのか。確かめたい衝動に負けて、俊介は下を見た。

高い。信じられないくらい高い。こんな高さに耐えられるのは、鳥くらいのものではないか。下を見るのではなかった。強い後悔が全身を襲ってきた。吐き気すらする。

いったいあとどのくらい登れば、おきみたちのもとにたどりつけるのだろう。そんなことを思ったとき、あっ、という声が耳を打った。

「おじさん」

声の方向を見やると、斜め上におきみがいた。隣におゆからしい子が座っている。

喜びがじわっと体を浸す。二人とも平気な顔で足をぶらぶらさせている。それを見て、俊介から登り切った喜びが一瞬にして冷めた。

「なにしに来たの」

おきみにきかれ、俊介は唾を飲み込んだ。

「おきみの顔を見に来た」

「ねえ、おじさん、大丈夫なの。顔が青いわ」

「そ、そうか。だが、俺はへっちゃらだ。こんな木の上など、なんでもない。高いところなど、まったく怖くないぞ」

ははは、と力ない笑いが出た。

おきみが悲しげにうつむく。それに気づいて、俊介は笑いを引っ込めた。

「おじさん、おとっつぁん、死んじゃった」

「うむ、聞いた。おきみ、かわいそうにな」

おきみがしくしく泣きはじめた。おゆかが背中をなでさする。できたら自分も手を伸ばしてさすってやりたかったが、そんなことをしたら、まず命はない。

涙をぬぐって、おきみが顔を上げた。

「ありがとう、もう大丈夫よ」

おゆかに礼をいって、俊介に目を当てる。

「おじさん、私を慰めるためにわざわざここまで来てくれたのね。本当は高いところ、怖くてしょうがないんでしょうに」

俊介はうなずいた。

「実をいうと、先ほどから震えがとまらぬ。だが、おきみのことが心配でならぬゆえ、矢も楯《たて》もたまらずやってきたのだ」

おきみがにこりとする。はかなげな笑みで、俊介は胸が痛んだ。一瞬、木の上にいることを忘れた。

「おっかさん、御番所に連れていかれちゃった。おとっつぁんを簪で殺したんだって。ちがうわ。おっかさんがおとっつぁんを殺すわけないもの。二人は本当に仲がよかったんだもの。おとっつぁんとおっかさんは、互いのことをすごく好き合っていたわ」

俊介は咳払いした。

「おきみ、きいてもよいか」

「もちろんよ」

「時三郎が殺された晩、二人は夫婦喧嘩をしたそうだな。なにが原因だ」

「新しい簪をおとっつぁんがつくっていたの。それはすばらしい出来だったの。それをおっかさんが、どこかの娘さんのためにつくっているんじゃないかって、疑ったの。おとっつぁん、ここしばらくよく出かけていたし」

「時三郎はどこかの娘に、新しい簪を本当に贈ろうとしていたのか」

おきみが首をひねる。

「私にはわからない。おとっつぁんはなにもいわずに出ていってしまったから。でも、新しい簪のせいで喧嘩したのは確かよ」

「外に出ていったおとっつぁんをおっかさんが追いかけていったのは、まことか」

「うん、本当よ」

「そのとき、おっかさんは時三郎と一緒になるときに贈られた簪を持って出たのか」

「いつも髪に挿《さ》しているの」

「おとっつぁんが殺された日もつけていたか」

おきみが悲しげにうなずく。

「そうか。その晩、おっかさんはいつ帰ってきた」

「四半刻くらいあと」

「そのとき簪は」

おきみの目が潤む。

「なかったと思う……」

「簪がないことを、おっかさんにいったか」

ううん、とおきみが首を横に振る。

「いま考えると、なかったような気がするだけなの。ううん、あったかもしれない。うん、あったわ。おっかさん、あの晩、帰ってきたとき簪を挿してたわ。確かよ、おじさん。信じて」

おきみはすがるような目をしている。

「うむ、信じるぞ。帰ってきたときのおっかさんの様子は」

「いつもと変わらなかった。ときたま、おとっつぁんとおっかさんは喧嘩していたけど、おっかさんはいつもどこかで頭を冷やしてきていたわ。あの日も同じよ」

「それがどこかわかるか」

「ううん。ごめんなさい」

「謝ることはない」

「頭を冷やした証拠に、おっかさん、穏やかな顔をしていたもの。一緒の布団で寝たけど、おっかさん、すぐに寝息を立てはじめた」

亭主を殺したばかりなら、すぐには眠れないだろう。実際にそういう図太い神経をしている女はいくらでもいるのだろうが、おはまという女はちがうような気がする。

ほかに知っておくべきことはないか、と俊介は考えたが、一つを除いて思いつくことはなかった。

おきみに問いを発している最中は、木の上にいることは忘れていられたが、今はまたうつつの世界に戻ってきた。俊介は腹に力を込め、目に真剣な光を宿した。

「最後にきくぞ。おきみは、おっかさんがおとっつぁんを殺したと思うておらぬのだな」

「もちろんよ。だって、おっかさんがおとっつぁんを殺すわけがないもの」

「うむ、俺もおきみのおっかさんが時三郎を殺すわけがないと思っている。よし、おきみ、俺が本当の下手人を捜そう」

「えっ、ほんと」

「ああ、本当だ。嘘《うそ》はつかぬ。必ずおきみのもとにおっかさんを返す」

「うれしい。そんなことをいってくれたの、おじさんが初めて」

両手を広げておきみが抱きつこうとする。

「お、おきみ、やめておけ」

俊介はあわてて制した。

「えっ、ああ、そうね」

おきみが潤んだ目で俊介を見る。

「ねえ、おじさんは誰なの」

俊介はにっこりとした。

「おきみの友垣《ともがき》ではないか」

「そうね、本当の友垣だわ」

俊介は長いこと枝を握り続けていたせいで、指が痛くなってきた。痛みは、すでに耐えがたいものになっている。

「おきみ、そろそろ降りぬか」

おきみがおゆかを見る。

「もう降りてもいいね」

「うん、降りようか」

助かった、と俊介は思った。だが、胸をなで下ろすのはまだ早い。安堵《あんど》の息をつくのは、無事に下に降りたときだ。

俊介は登ったときよりも、ずっと慎重に降りていった。無事、地上に降り立ったときには、天を仰ぎ、神と仏に感謝した。辰之助も安堵の息をついている。

おゆかを太右衛門店に送り届けてから、おきみの家に行った。おきみは錠前をあける鍵を持っているという。

おきみに戸をあけてもらい、俊介はなかに入り込んだ。整然としている。

「おや」

「どうかした、おじさん」

「あの黒蝶の夢という簪はどうした」

背の低い箪笥《たんす》の上に置かれていない。

「あれ、ほんとだ、ないわ」

「時三郎は修理の品だといっていたな。おきみ、どこから受けたか、知っているか」

「ううん、知らない」

「おっかさんは知っているかな」

「ときおりおとっつぁんの手伝いをしていたから、知っているかもしれない」

黒蝶の夢のことを話したときの、時三郎のなんとなく浮かない顔が脳裏に映り込む。

俊介は、黒蝶の夢という簪が今回の事件に関係しているのではないか、という気がした。

となれば、まず修理を依頼してきた者を捜し出すことだろう。そのためには、おはまに話を聞かなければならない。

三

いったん上屋敷に戻った。

目付頭の田川新之丞をつかまえ、町奉行所同心の築地悌蔵に会わせてくれるように頼んだ。

じかに町奉行所を訪ね、悌蔵に会うことも考えないではなかったが、町廻《まちまわ》りの最中だろう。それに、俊介は新之丞に母御の容体を聞きたかった。果たして六旗真正丸が効いているかどうか。

十日ばかり前、六旗真正丸を渡したとき、新之丞はむせび泣いた。辣腕《らつわん》の目付頭とは思えないほど、顔をくしゃくしゃにした。この御恩は一生忘れませぬ、と声を震わせ、深々と頭を下げた。恩に着るのは薬が効いたときでよい、と俊介は答えたが、やはり首尾がどうだったか、気になって仕方がない。

「母御はどんな様子だ」

俊介がきくと、柔らかな笑みを口元にたたえ、新之丞が口をひらいた。

「御典医の参慎《さんしん》先生に診ていただいておりますが、とてもよくなってきたとおっしゃってくれています。これならば本復《ほんぷく》も間近でございましょうと。それがしから見ても、母の顔色はよくなってきています。今まではかさかさだったのが、つやが出てきています」

それを聞いて俊介は、目の前の霧がさあっと晴れてゆくような、爽快な気分を味わった。辰之助もうれしそうに頬をゆるめている。

新之丞は目を潤ませている。俊介はにこにこと笑い、万感の思いを込めていった。

「新之丞、よかったな」

「はい、これも若殿のおかげでございます」

ふふ、と俊介は笑いを漏らした。

「俺はなにもしておらぬ。薬を買いに平塚まで赴いたのはこの辰之助だしな」

「もちろん寺岡どのにも感謝しております。しかし、六旗真正丸のことを調べてくださったのは、若殿でございます。あの薬のことは、参慎先生もご存じではありませんでした」

「ああ、そうだったか。俺が素人だったのがむしろよかったのだろう。なにしろなにも知らぬゆえ、書物を読みあさるしかなかった。参慎は膨大な知識の蓄えがあるゆえ、そういう真似《まね》はまずせぬ」

俊介は新之丞を見つめた。

「薬は足りるか。残りは半分だろう」

「足りると参慎先生はおっしゃっています。ある程度よくなれば、あとは薬に頼らずとも人の体というのは養生することでよくなっていくものですよ、と」

「そうか」

「若殿、あの薬は相当お高かったのではありませぬか」

「うむ、まあ、そうだ」

「あの、おいくらだったのでしょう」

「きいてどうする」

「お金は必ずお返しいたします」

「金のことはよい。生きた使い方ができて、俺は喜んでいるのだ」

「そういうわけにはまいりませぬ」

「新之丞、本当によいのだ。金は人を幸せにする道具の一つに過ぎぬ。母御のために役立てることができた。それで十分だ」

両の拳《こぶし》を握り締め、新之丞が涙をこらえる。決意を秘めた目で俊介を見つめる。

「でしたら、命を懸けて若殿にお仕えすることを、誓わせていただきます」

「それはうれしいな」

俊介は新之丞の肩を軽く叩いた。

「心強い味方ができた。——辰之助。これで悪さをしても見逃してもらえるぞ」

「それがしは悪さなどいたしませぬ」

「うむ、そうだな。辰之助は品行方正が売りだ。悪いことなどせぬし、できぬ。せいぜい、俺と一緒に夜鷹蕎麦を食すくらいのものだ」

「若殿、夜鷹蕎麦を食べに外に出られているのですか。では、塀を乗り越えているのではありませぬか」

「新之丞、そのくらい大目に見よ。屋敷を留守にするのは四半刻もない」

「本当に塀を越えられているのですね」

呆然とした顔で新之丞がいう。

「まあ、気にするな、新之丞」

俊介は笑みをすっと消した。

「築地悌蔵にはいつ会わせてくれる」

「ああ、さようでしたね」

新之丞が顎を引いた。

「さっそくまいりましょう。若殿を襲った賊の探索の具合をお聞きになりたいでしょう」

「今から町奉行所へ行くのか。築地は町廻りに出ているのではないか」

「その通りでございます。しかしそれがし、築地どのがどのあたりにいるか、存じております」

上屋敷をあとにした俊介と辰之助は、新之丞のうしろにしたがった。

「若殿、築地どのにお会いになりたいわけが、ほかにおありなのですか」

「ちと人助けだ」

「さようでございますか。人助けとは、いかにも若殿らしい。それがしが力を貸せることあらば、いつでもおっしゃってください」

「うむ、承知した。だが、今も力を貸してくれているではないか」

俊介たちがやってきたのは平川町である。

「築地はこの町にいるのか」

俊介は町を見渡して、新之丞にたずねた。

「おそらく三丁目の自身番にいると思います。おらずとも、このあたりをうろついているのはまちがいありませぬ」

「築地はこの界隈《かいわい》を縄張にしているのだな」

「御意。この町で人殺しがあり、その調べを行っている最中でしょう」

「それは、女房が亭主を殺したという事件のことか」

「よくご存じでございますね」

新之丞の目がきらりと光る。

「人助けというのは、もしやその事件に関してでございますか」

「さすがに鋭いな」

「どういうことでございますか。できればお聞かせ願いたいのですが」

隠し立てするようなことではなく、俊介はすぐさま語った。

「牢に入れられたおはまという母親を、おきみという娘のもとに返す……。なるほど、人助けとはそういうことでございましたか」

新之丞はいかにも敬服したという顔だ。

平川町三丁目の自身番の前に着いた。

「だが新之丞、あらためて調べるもなにも、女房を捕らえたのは築地であろう」

「その通りでございましょうが、築地どのは裏を取っているのでございましょう」

「それならば、別に下手人がいると思っているということはないか」

新之丞が首をひねる。

「さて、いかがでしょう。築地どのは聡明《そうめい》な方ですから、あるいはそういうこともあるやもしれませぬ。しかし若殿、そのことはじかにおききになったほうがよろしいでしょう」

新之丞が、失礼する、といって自身番の戸をあける。土間の奥に障子があり、そちらはあけられていた。

三畳間の狭い畳敷きの部屋があり、そこに書役《かきやく》や家主らしい者が四人、詰めていた。いきなり、身なり正しい三人の侍が土間に立ったことに、家主たちが驚きの顔になる。確かに、町廻りの同心以外に自身番にやってくる侍など、滅多にいないだろう。

「築地どのは」

新之丞が穏やかな声できく。

「ちょっとそこまで出ておられます」

最も年かさの男が答えた。風貌からして、家主ではないかと思えた。

「すぐ戻ってくるかな」

「だいぶ前に出られましたから、じき戻られるものと」

「待たせてもらってよいか」

「もちろんでございます」

男たちが場所を空けようとする。

「よい、ここでかまわぬ」

俊介はすぐさまいって、さっさと式台《しきだい》に腰かけようとした。

「いえ、そういうわけにはまいりません」

どう見ても身分の高そうな侍を式台に座らせ、自分たちが見下ろす形になるのは避けたいようだ。男たちがぞろぞろと動く。

その気持ちをくんで、俊介は三畳間に上がった。辰之助と新之丞は土間に立ったままである。家主たちが上がるように勧めたが、二人ともにこにことするものの、うなずかない。

「その二人はよい。両名とも頑固者だ」

俊介のその言葉で家主たちはあきらめた。

「こんな狭いところにすみません」

年かさの家主が俊介に頭を下げる。

「なに、こうして座っているだけなら、半畳もいらぬ」

書役が茶をいれてくれた。

「お口に合いますかどうか」

「ちょうど喉が渇いていた。かたじけない」

俊介は口をつけた。少し渋みが強いが、こくがあってうまかった。辰之助と新之丞も、ありがたくいただいている。

家主たちは、俊介がいったい何者なのか、興味を抱いている顔だが、無礼に当たると思っているようで、きいてくる者はいない。

俊介たちの湯飲みが空になったとき、黒羽織をまとった男が自身番に姿を見せた。年は四十過ぎか、丸い顔に配された目は垂れて細く、ちょっと見は柔和そうだが、瞳の奥に宿している光はなかなか鋭い。中間と小者らしい二人の若者をしたがえている。

「おっ、これは田川どの」

一礼し、眼差しを俊介と辰之助に流してきた。

「突然押しかけて、申し訳ない」

新之丞が築地悌蔵とおぼしき男にいった。

「いえ、そのようなことはよいのですが」

物問いたげな顔つきになった。

「若殿、こちらが南町奉行所の定廻《じょうまわ》り同心、築地悌蔵どのでございます」

「若殿……。では真田さまの」

「さよう。俊介さまにござる」

悌蔵が深く腰を折る。真田家の若殿と知って、家主たちも畳に手をついた。

「そんなにかしこまることはない。楽にせよ」

悌蔵が背筋を伸ばした。家主たちがおそるおそるという風情で顔を上げる。

「して、俊介さまはどういうご用件でいらしたのですか」

新之丞が告げようとするのを制し、俊介は自らの口で語った。

「では、俊介さまは、おはまが無実だとおっしゃるのですか」

「無実ではないのか」

悌蔵がむずかしい顔になる。

「確かに、今も亭主を殺したことを認めてはおりませぬ。しかし死骸のそばに落ちていた簪は、紛れもなくおはまのものでございます」

悌蔵が一つ間を置いた。

「夫婦喧嘩をしたあと、おはまは亭主を追いかけて家を出ていったのですが、そのとき簪は挿していたそうです。ところが、朝起きたとき亭主は戻っておらず、あわてて捜しに行こうとしたら、我らに引っ立てられたと申しています。そのとき、簪はすでにむくろのそばにありました」

「家に戻ってきたとき、おはまが簪を挿していたとおきみはいっている」

「同じことは、おはまも申しています。いつものように箪笥の上に簪を置いてから寝床に横になった、しかし、朝起きたら簪が消えていた、と。それがしには、ちと都合がよすぎる気がいたします」

「おはまを陥れるため、何者かが盗んだのではないか。時三郎がいつ戻ってきてもいいように、戸口に心張り棒はかましていなかっただろう」

「だが、簪には血がついていました」

「あとからつけて、転がしておけばすむ。そんなことは、そなたもわかっているはずだ」

俊介は悌蔵を見つめた。

「そなたは、どう思っているのだ。おはまは本当にやったと思うか」

悌蔵が下を向く。

「正直、わかりませぬ。女は怖い。顔色一つ変えず、平気で嘘をつく」

「築地、今はなにを調べている」

「おはまに亭主を殺すいわれがないか、それを調べているところです」

「見つかったか」

「今のところはなにも」

「そうか。それをきいて安心した」

俊介は微笑した。

「築地、俺たちも探索に加わってよいか。むろん、そなたのうしろを金魚の糞《ふん》のようにくっついて回るようなことはせぬ」

「俊介さまが独自に調べられるということでございますか」

「そうだ。どうだろうか」

「それがしはかまいませぬ」

「下手人が挙がった際、そなたは顔を潰《つぶ》されたと思わぬか」

悌蔵が快活に笑う。

「そう考える者も、なかには確かにおりましょう。しかし、それがしはちがいます。下手人がもし本当におり、捕らえることができるのなら、それ以上のことはありませぬ」

いい切った。よい男だな、と俊介は感じ入った。この男なら信頼を置いてよさそうだ。

「そなたに一つ頼みがある」

俊介は悌蔵に告げた。

「なんでございましょう」

「黒蝶の夢と名づけられた時三郎の簪がある。それは修理で時三郎のもとにきていたのだが、どこからの注文だったか、おはまにきいてほしいのだ」

「承知いたしました。今から番所に馳《は》せ戻り、きいてまいりましょう」

「俺たちもついていってよいか」

「番所のなかには入れませぬが、かまいませぬか」

「もちろんだ。大門のところで待っておる」

「では、一緒にまいりましょう」

平川町から南町奉行所まで、たいした距離ではない。ほどなく着き、俊介たちは大門の下に入り込んだ。

「申し訳ございませぬが、こちらでしばしお待ちくだされ」

「うむ、頼む」

悌蔵は、奉行所の建物のなかに足早に姿を消した。中間と小者の二人は、大門をくぐることを禁じられているので、横の狭い出入り口のところにたたずんでいる。そちらからなら奉行所の出入りは許されているのだ。

四半刻ばかりで悌蔵が戻ってきた。

「お待たせしました」

俊介に頭を下げる。

「して、どうであった」

俊介は待ちきれずにたずねた。

「依頼主は番町の旗本でございました。今林《いまばやし》さまといい、四千石の御書院番頭《ごしょいんばんがしら》にございます」

書院番頭か、と俊介は思った。書院番自体は若年寄の管轄下にあり、ふだんは殿中の詰所で千代田城の守りについている。将軍が外出する際は、そばで警護を行う。そういう役目だけに、武術に長《た》けた者が多いとの評判を俊介は聞いている。

その書院番衆を率いる書院番頭には、大身の旗本が就くことは、よく知られている。

「ところで築地、頼みがある」

今林屋敷に赴く前に、悌蔵にいった。

「なんでしょう」

「おはまのことだ。牢屋のなかではいろいろあると聞く。おはまの身になにもないよう、万全を期してほしいのだ」

「承知いたしました」

「これは脅すわけではないが」

「はい」

「もし万が一があれば、南町奉行所は真田家を敵に回すことになる」

　ふふ、と悌蔵が笑いを漏らした。

「若殿、十分に脅しになっておりますぞ。しかし、若殿のおっしゃる通りにいたしましょう。おはまの身については、最善を尽くします」

「頼りにしているぞ」

　俊介は笑い、悌蔵を見つめた。

四

　番町には辰之助だけを連れてきた。

　新之丞も来たかったのだろうが、自分には別の役目があることを承知している男だけに、おとなしく上屋敷に引き上げていった。

「こちらのようですね」

　辰之助がいかめしい長屋門をじっと見る。

「さすがに立派な門だな」

「どこか威圧するような力強さがございます。これも、御書院番頭というお役目がなせる業《わざ》でしょうか」

「かもしれぬ」

門はあいている。訪いを入れ、俊介と辰之助はくぐった。まず玄関が目に入ったが、そこには一挺《いっちょう》の乗物が置かれていた。黒漆塗りで金蒔絵《きんまきえ》つきであるから、女乗物であるのは一目で知れる。ちょうど式台に若い女性《にょしょう》がおり、乗り込もうとしていた。所作がたおやかで、肌の白さが際立っている。素直でやさしい顔立ちをしており、むろん上品さも身にまとっている。

美しい、と俊介は我知らず見とれた。

女性がこちらに気づき、顔を上げた。俊介と目が合う。会釈してきた。俊介はぼうっとして、なにもできなかった。

女性が乗物に乗り込んだ。今林家の者と思えるやや年のいった女性が二人、笑顔で乗物の女を見ている。供の者が引き戸を閉める。黒漆塗りで金蒔絵つきの長柄《ながえ》に、六人のかき手がついている。

乗物が持ち上げられ、しずしずと動き出す。俊介たちは横に身を寄せた。乗物には三つ巴《どもえ》の紋所があった。どこの姫だろう、と俊介は思ったが、三つ巴の家紋に覚えはなかった。乗物には香が焚《た》きしめてあるのか、ほのかにいいにおいがした。

俊介と辰之助はじっと見送った。二人の女性は奥に去ったが、その場に居残った今林家の家士が二人に気づく。

「なにかご用でございましょうか」

「ああ、少し話を聞きたくてまいった」

「お話ですか。あの、お名をおききしてよろしいでしょうか」

「真田俊介という者だ。これは我が家臣の寺岡辰之助」

家士が目をみはる。

「真田さまとおっしゃると、信州松代十万石の真田さまでございますか」

「うむ、その通りだ」

「我が殿に御用でございましょうか。ただいまお城に出仕中なのですが」

「いや、あるじに用事ではない。とある簪についで聞きにまいった」

「簪でございますか。しばしお待ちください」

家士があわてて玄関に向かった。そこに立っている他の家士と深刻な顔で話しはじめた。すぐに戻ってきて、俊介に告げた。

「おいでください」

俊介と辰之助は客間らしい座敷に通された。五十を過ぎていると思える侍がやってきた。

「進藤《しんどう》と申します。当家の用人をつとめております。どうか、お見知りおきを」

「こちらこそ」

「しかし、真田さまの若殿がお越しとは驚きました」

「本物ゆえ、安心してくれ」

進藤が大仰なほど目をむく。

「疑ってなどおりませぬ。して、簪のことでお話をお聞きになりたいとか」

「その通りだ。そなたは時三郎という錺職《かざり》人を存じているかな」

用人はすぐさま用件に入った。

「はい、存じております。簪の修理を頼みました」

「そなた自ら頼みに行ったのか」

「いえ、家士《かし》に行かせました」

「その簪は、黒蝶の夢という名がついているものだな」

「はい、修理を頼みに行かせた家士より、そういう話を聞きました」

「では、それまで、簪の名を知らなかったというのか」

「その通りでございます」

「いま黒蝶の夢はこちらにあるのか」

「いえ、ありませぬ。まだ修理から戻っておりませぬ」

ということは、と俊介は思った。誰かが持ち去ったということだろう。やはり下手人を見つけ出す鍵はあの簪にある。

「実は時三郎は殺された」

「ええっ、なんですと」

進藤がのけぞる。この驚きぶりに嘘はないように見えた。

「誰に殺されたのですか」

「番所は女房を捕らえた。だが、俺は下手人は別にいると思うておる。簪のことを聞きにまいったのは、そのためだ」

「はあ、つまりまことの下手人捜しということでございますな」

「大名の跡取りのくせに、酔狂な真似をすると思うか」

「とんでもない。それがしはそのようなことは決して思いませぬ。むしろ立派なお心がけだと存じます」

それでだ、と俊介はいった。

「黒蝶の夢だが、そなたらが名を知らなかったのなら、時三郎からじかに購《あがな》ったわけではないな」

「さようにございます。時三郎のもとに修理に出したのはただの偶然でございます。腕が抜群によいとの噂を聞きつけまして」

ふむ、そういうことか、と俊介は思った。うしろで辰之助も静かにうなずいている。

「黒蝶の夢をどうやって入手した」

「懇意にしている呉服屋でございます。あれは五年ほど前になりますか、そちらから手に入れました」

呉服屋は元橋屋《もとはし》といい、日本橋の数寄屋町《すきやちょう》にあるそうだ。

「黒蝶の夢を時三郎に修理に出しに行った家士だが、信用できる者だな」

「もちろんにございます。当家に仕えて、三十年になる者でございますから。実直を絵に描いたような者でございますよ」

「そうか。これで終わりだ。忙しいところ、すまなかった」

礼を述べて、俊介は辰之助とともに元橋屋へと向かった。

元橋屋は、間口二十間は優にある大店《おおだな》だった。今林家の紹介を受けてやってきたというと、名をきかれることなく、すぐさま奥の座敷に通された。やはり書院番頭という役柄はすばらしい力を持つものだな、と俊介は感じ入った。

出された茶を遠慮なく喫していると、失礼いたします、という声がかかり、重みを感じさせる襖が静かにあいた。

顔を見せたのは、きれいに剃《そ》り上げた月代《さかやき》以外は鮮やかな白髪の、しわ深い男だった。目が子を見守る母犬のように優しい。うしろに初老の男が続いている。

二人は俊介の前に膝行し、頭を下げた。

「手前はこの店のあるじ世左衛門《よざえもん》、こちらは筆頭番頭の文七《ぶんしち》と申します。どうか、お見知りおきを」

「俺は真田俊介、供の者は寺岡辰之助だ」

「あの、真田さまとおっしゃると、信州松代十万石の真田さまでございますか」

「うむ、その通りだ」

「俊介さまとおっしゃいましたが、跡継であらせられますか」

「よく知っているな」

「商売人で、お大名家のことに関して疎《うと》い者はまずおりますまい」

「ほう、そういうものか」

俊介は身を乗り出した。

「だったら、三つ巴の家紋がどの家の者か、そなたたちにわかるか」

「三つ巴は大雑把に二種類に分かれます。左三つ巴と右三つ巴です。三つ巴というと、ふつうは右三つ巴を指します」

あるじの世左衛門がいう。

「うむ、右三つ巴だ」

「でしたら、有名なところでは譜代の下総佐倉《しもうささくら》の堀田さま、筑後久留米《ちくごくるめ》の有馬《ありま》さまでございましょうか。この両家は右三つ巴でございますが、白抜きと黒抜きと申しましょうか、丸いところが黒いのが堀田さま、白いのが有馬さまでございます」

「丸いところは白かったな」

「でしたら、有馬さまかもしれません」

そうか、あれは有馬家の姫かもしれぬのか、と俊介は思った。

「あの、有馬さまがどうかされましたか」

「ああ、いや、なんでもないのだ」

俊介は咳払いをした。

「そなたたちは、黒蝶の夢という名の簪を存じているか」

「黒蝶の夢……」

世左衛門と文七が顔を見合わせる。

「いえ、存じませんが」

世左衛門が答えた。

「まことか。五年ばかり前、今林家にこちらが入れたという話を聞いてまいったのだ」

「五年ばかり前でございますか」

文七が考え込む。

「当時、今林さまを受け持っていた者は、すでに店をやめております。無事に勤め上げ、今は隠居暮らしに入っております。その者が今林さまに簪を入れたのでございましょう」

「その者の名は」

「八蔵《はちぞう》と申します」

「八蔵に会えるか」

「八蔵の故郷は上方でございまして、向こうで嫁をもらい、安穏に暮らしております」

「上方か。ふむ、すぐには会えぬな」

「申し訳なく存じます」

「いや、そなたが謝ることはない」

俊介は思案をめぐらせた。

「ここは呉服屋なのに、八蔵はどうして簪を今林家に入れたのかな。八蔵は小間物屋のような真似もしていたのか」

「ああ、そうでございました」

文七が、はたと膝を打つ。

「いえ、失礼いたしました。八蔵は決して小間物屋のような真似をしていたわけではございません」

俊介は黙って耳を傾けた。うしろで辰之助も同じ風情である。

「八蔵は小間物の類《たぐい》を、よくおまけのようにして反物などにつけておりました。その黒蝶の夢という簪も、おそらくおまけとしてつけたのではないでしょうか」

おまけというにはもったいないほどの出来栄えだが、今林家ほどの大身の家にむしろふさわしいと八蔵は考えたのかもしれない。

「八蔵がどこで黒蝶の夢を手に入れたかわかるか」

俊介は問いを重ねた。

「それならばわかります」

文七がはっきりと答えた。

「八蔵は五つばかりの質屋をなじみにしていました。そちらから購ったのではないでしょうか」

質屋だと、と俊介は思った。どうにも信じがたいが、黒蝶の夢という簪の名品は、質流れの品だったのか。

五

八蔵がなじみにしていた五つの質屋を当たることにした。

あれだけの簪が質屋に入れられたのには、なにかわけがあるに決まっているのだ。

まず、元橋屋から最も近い丸亀屋《まるがめ》という質屋を訪ねた。建物はまだ新しく、掃除が行き届いており、俊介が漠然と抱いている質屋の姿とはだいぶ異なっていた。店内は、客の顔があまり見えないように暗くしてあった。

店は、あるじの伊兵衛《いへえ》が一人で切り回している様子だ。客は二人いたが、俊介たちと入れ違いに顔を伏せて出ていった。

俊介は五年ほど前のことだが、とことわって伊兵衛に話を聞いた。

「ああ、あの黒漆の簪ですね。ええ、よく覚えていますよ」

一軒目でいきなり当たりを引き、俊介は勢い込んだ。

「誰が持ち込んだ」

格子の向こうで、伊兵衛がむずかしい顔になる。必死に思い出そうとする表情ではあったが、申し訳ないのですが、といかにもすまなさそうにいった。

「覚えていません。あまりに簪がすばらしかっただけに、そちらばかりに目がいって、持ち込んだ人について、さっぱり思い出せません。男の人だったのは確かなのですが」

「帳面にはつけておらぬか」

「ああ、さようですね。調べてまいりますので、しばらくお待ち願います」

格子の向こうで伊兵衛が立ち上がり、背後の書棚から帳面を取り出し、ぺらぺらとめくりはじめた。何冊かの帳面を見たが、おかしいな、というように首を振った。

「申し訳ないのですが、帳面にもつけてありませんでした」

俊介は腕組みをした。

「ここから買い取ったのは、元橋屋の八蔵でまちがいないのだな」

「はい、それはまちがいございません」

伊兵衛が断言する。

「うれしそうに買って帰られたお姿は、よく覚えております」

「簪を持ち込んだ者だが、そのとき初めて来た者だったか」

「はい、そのようにおぼろげに覚えています」

「簪のほかに、なにか持ち込んでは来なかったか」

伊兵衛が首をひねる。

「二度目はありませんでしたね。一度いらしただけで、それきりだったように記憶しています」

「それで流れたか」

「そういうことでございます」

ほかにきくことはなかった。俊介は丸亀屋を辞した。

「さて、どうするか」

　俊介は、丸亀屋の暖簾をにらみつけた。

「ふむ、木和田屋に行ってみるか」

「ああ、夜鷹蕎麦屋の親父の弟が奉公している小間物屋ですね」

「うむ。黒蝶の夢という簪には、なにか秘密があるのだ。だから、賊に持ち去られたのではないか。その秘密を探り出せば、下手人につながろう」

　俊介は歩きはじめた。

「若殿、ききたいことがあるのですが、よろしいですか」

「なんだ」

「夫婦喧嘩をしたその晩に、時三郎は殺されました。それは偶然でしょうか」

「偶然とは考えにくいな」

「だとしたら、下手人は夫婦喧嘩を目の当たりにし、おはまに罪を着せようと簪を盗んだと考えて、よろしいでしょうか」

「うむ、そうだな」

「もしや若殿は、もうそこまで考えていらしたのですか」

「まあ、そうだ。下手人はおきみの家の近くに住んでいる者かと考えたが、どうもちがうような気がしている」

「なぜでございましょう」

「こう申しては悪いのだが、あのあたりの住人で、黒蝶の夢を髪に飾るにふさわしい者などおるまい。もし黒蝶の夢に関わるような者がいれば、それだけで目立つはずだ」

「はあ」

辰之助が少し間の抜けた相槌《あいづち》を打った。

「しかし若殿、下手人はわざわざおはまの簪を死骸のそばに置いていっています。こんな細工をしたのは自分に疑いを抱かせぬためでしょう」

「うむ、その通りだな。別におはまに罪を着せるのが主眼ではあるまい」

「これは、近所の者だからこそ、こんな細工が必要になったのではありませぬか」

「下手人は、簪を盗むために家に忍び込んでもいるな」

「はい」

「もし近所の者が下手人だとした場合、そこまでの危険を冒す必要が果たしてあるのかどうか。いくら寝静まっているにしても、まわりは顔見知りで一杯だ。ほっかむりをするにしても、もし忍び込んだところを見られたら、あるいは出てきたところを見られたら、まずいいわけはできまい」

「ああ、さようですね。となると、どういうことになりましょう」

「黒蝶の夢にはなんらかの秘密がある。それは時三郎に知られてはならぬことだった。だが、黒蝶の夢は時三郎のもとに持ち込まれてしまった。下手人はなんらかのいきさつがあって、そのことを知った。下手人は時三郎を亡き者にするために、しばしば家のそばまで来てひそんでいた。そして、ついに激しい夫婦喧嘩という最上の機会を得た。こういうことではないかという気がする」

「黒蝶の夢の秘密を暴き出す必要がありますね」

「うむ、そういうことだ」

木和田屋に着いた。暖簾を払う。簪や櫛《くし》だけでなく、さまざまな物がところ狭しと置かれている。まさに小間物屋という名にふさわしい品ぞろえである。

「五助はいるか」

俊介は、いらっしゃいませ、と寄ってきた奉公人にきいた。

「はい、手前が五助でございますが」

「俺たちは蕎麦屋の親父の紹介で来た」

「ああ、兄でございますか。ありがとうございます」

五助がもみ手をする。

「なにかお探しですか」

「時三郎のことできき{たいことがあってな」

途端に五助の顔が暗くなった。ため息をつく。

「とても腕のよい錺職人でしたのに、残念なことをいたしました」

「まったくだ。ところでそなた、黒蝶の夢という簪を知っているか」

「いえ、存じません」

「そうか。時三郎がつくった品をすべて仕入れているというわけではないのだな」

「はい、さようでございます。うちは時三郎さんの品物を仕入れている唯一の店でございますが、時三郎さん、お客にじかに売ることもありましたから」

ならば、黒蝶の夢も時三郎が直接売ったものであろう。

「すまなかった。邪魔をした」

「あっ、はい。またおいでくださいまし」

俊介たちは暖簾を払って、外に出た。

「むずかしいものだな。そうたやすく下手人にたどりつけぬ」

「どこかで一休み、なさいますか」

「いや、よい」

俊介はかぶりを振った。

「おはまやおきみのことを考えれば、休んでいる暇はない」

「失礼いたしました。つまらぬことを申し上げました」

辰之助がこうべを垂れる。

「そのような真似はせずともよい。そなたは俺のことを案じていってくれたのだ」

俊介は前を向いた。

「時三郎が黒蝶の夢をつくったのはいつかな。質屋に持ち込まれたのが五年ばかり前ならば、おきみは知らぬだろう。おはまに話を聞くにしてもまた築地を通さねばならぬ。ちと面倒だ。ふむ、もしかすると近所の者がなにか知っているかもしれぬ」

俊介はおきみの家のほうへと足を進めた。うしろを辰之助がついてくる。

おきみの家は相変わらず錠がかかっていた。俊介は向かいの家を訪ね、出てきた女房に話を聞いた。

「ああ、あのきれいな簪なら、よく覚えていますよ」

女房が懐かしそうに目を細めた。しかし時三郎が殺されたこととおはまが引っ立てられたことに思いが至ったのか、すぐにしょぼんとした顔になった。軽く息をつき、目を閉じた。それから決意したような顔で続けた。

「あたしがなにかお裾分けするために時三郎さんの家に行くたびに、箪笥の上できらきらと輝いていましたからね。きれいな簪でしたねえ」

「それは、最近のことを申しているわけではないな。いつ頃のことかな」

「もう五年、いえ六年くらいはたっているんじゃないでしょうか」

だとしたら、と俊介は思った。時三郎は黒蝶の夢を六年ばかり前につくったことになるのか。

「時三郎は店を通さず、黒蝶の夢を客にじかに売ったらしいのだが、誰が買ったか、そなた、聞いておらぬか」

「すみません、聞いていませんねえ。でも」

俊介は期待を込めて耳を傾けた。辰之助も女房に真剣な目を当てている。

「一度だけすれちがった人がいましてね。あの人たちが、あのきれいな簪を買っていったのではないかという気がするんですよ」

「というと」

「あれは黒蝶の夢ができあがって、まださほどたっていない頃だったと思います。とてもきれいなお嬢さんとお付きの人という感じの二人が、時三郎さんの家から出てきたのをあたし、見たんです。あたしは夕餉《ゆうげ》の買物の帰りでした。お付きの人のほうが、袱紗《ふくさ》の包みを大事そうに持っていました。あのなかに黒蝶の夢が入っていたのではないですかね」

「ほう、そうか」

「はい。あの晩、あたしがおかずのお裾分けに行ったら、黒蝶の夢は箪笥の上になかったんですよ。ああ、売れたんだね、よかったわねといったら、時三郎さん、少し残念そうに、ああ、売っちまったよ、といっていました」

きれいなお嬢さんとお付きの者。富裕な者と考えて差し支えないだろう。だが、富裕な者が手に入れたはずなのに、黒蝶の夢は質屋に持ち込まれた。なにがあったのか。盗人《ぬすっと》が質屋に入れたのか。もしかすると、あの丸亀屋という質屋は、盗品と知って買い入れたのかもしれない。考えすぎだろうか。

「その二人が誰か、わかるか」

俊介は新たな問いを発した。女房がかぶりを振る。

「すみません、わかりません。それまで一度も会ったことのない人でした」

そうか、と俊介はいった。勢い込んだ分、少し落胆がある。だが、こんなことでめげていられない。とにかく、黒蝶の夢を時三郎から購入した者がいたのは確かなのだ。一歩、前に進んだのは紛れもない。

「その二人は町人か」

「はい、さようでした」

女房は、はっきりと認めた。

「お嬢さんはとてもうれしそうで、顔がきらきらと輝いていました。今でも、明るい光が当たったようなあの笑顔は忘れられません」

礼を口にして、俊介は女房の前を離れた。

「その娘は黒蝶の夢を手に入れて、幸せ一杯だったのだな」

歩きつつ、俊介は辰之助に語りかけた。

「ええ、そうだったのでしょうね。若殿、それがしには一つ疑問があるのですが」

「聞こう」

「黒蝶の夢は、時三郎が注文を受けたわけでなく、自分で思いついた意匠を自らつくり上げた簪です。その簪のことを、その二人はどうやって知ったのでしょう」

「時三郎の得意先だったのかもしれんな」

いや、といって俊介は首をひねった。

「得意先だったのなら、さっきの女房が一度くらい、娘かお付きの者を覚えていても、おかしくないような気がするな」

「得意先でなかったとしても、その二人は時三郎の簪のすばらしさを知っていたことになりますね。知り合いが持っていたか、あるいは小間物屋かどこかで時三郎の品物を見たものの、すでに売約済みだった。とにかく目を奪われ、どうしても手に入れたくなった。それでじかに時三郎を訪ねた」

「十分に考えられるな。その二人は、時三郎の家に黒蝶の夢があるのを知っていて訪問したのかな。それとも、知らずに行ったらそこにあって、どうしてもほしくなったのか」

「後者のほうがしっくりきますね」

「俺もそう思う」

「当時から時三郎の簪は、三月待《みつき》ちだったのでしょうか」

「かもしれぬ。今と、さして変わらなかったのではないか」

「その娘さんは、おそらく三月は待てなかったのでしょうね。どうして急に簪がほしくなったのでしょう」

「おなごなら、そういうことはよくありそうだが」

「若殿、先ほどの女房の話では、その娘は顔がきらきらと輝いていたそうです。黒蝶の夢という名品を手に入れられたこともうれしかったのでしょうが、女の人がきらきら輝くときといったら、ほかにもございます」

「婚姻だな」

「それがしには、その娘には決まった相手がおり、黒蝶の夢は嫁ぎ先に持ってゆく簪だったのではないかと思えてならぬのです」

「うむ、辰之助のいう通りかもしれぬ」

　俊介は足を止めて、辰之助に向き直った。

「縁談がまとまり、祝言の日も決まった。だが、婚家に持ってゆく気に入りの簪が見つからなかった。そこで、すばらしい簪のつくり手である時三郎のところを訪れた。

わけを聞かされ、時三郎は残念だったが、黒蝶の夢を手放すことになった。こういうことか」

「はい、それがしはそう思います」

「辰之助、さえているな」

辰之助がにこりとする。

「若殿ばかりに、いつもいいところを持っていかれるわけにまいりませぬゆえ」

「それでがんばって考えたわけか」

「御意」

俊介は考え込んだ。

「その娘は、時三郎の作った簪を木和田屋で見たとしよう。そのすばらしさに心を打たれたが、木和田屋の簪はもう売り先が決まっていた。どうしてもほしくなった娘は、木和田屋に簪の職人のことをたずねる。木和田屋は熱意に押され、名と住みかを教えた。娘はお付きの者を連れて時三郎の家にやってきた。そして、黒蝶の夢という名品を手に入れた」

俊介は辰之助に目を当てた。

「時三郎の簪は、木和田屋の専売といっていたな」

「はい、五助はさきほど、確かにそうもうしておりました」

「よし、行くぞ」

辰之助をしたがえ、俊介は足早に向かった。

六

時三郎のことを教えた娘がいないか、暖簾を払うや俊介は五助にたずねた。

五助がむずかしい顔で考え込む。

「うーん、六年前のことですか」

「うむ、そうだ。とてもきれいな娘だったそうだ。相当、裕福な家のはずだ。大店ではないかな」

「大店の娘さんで、きれいな人……」

「祝言をひかえていたのではあるまいか」

あっ、と五助が声を漏らした。

「思い出した。そうか、あれは、もう六年も前になるのか」

独り言をつぶやいて、俊介と辰之助に目を向けてきた。

「ええ、確かにいらっしゃいます」

「どこの誰だ」

「はい、油問屋の滋野屋《しげの》さんの娘さんです。あの時分だけでしたけれど、よくお店にいらしてくれました。今も元気にされているのでしょうか。もうとっくにお嫁入りされたのでしょうね」

「滋野屋はどこにある」

十町ほど東にあり、大きな扁額《へんがく》が掲げられていて、よく目立つ大店だから、すぐにわかるそうだ。娘の名はおうたといった。

五助に教えられた通りの道を行くと、滋野屋は確かにあった。大勢の客が繁く出入りしている。見る限り、器を手にした女の客がほとんどで、どうやら小売りもしているようだ。客たちは皆、うれしげに店をあとにしている。

俊介はさっそく暖簾を払った。油のにおいが充満している。これを嗅《か》いでいるだけで、腹が一杯になるような気分だ。

いらっしゃいませ、と寄ってきた手代らしい男に、おうたに会いたいと告げた。

手代が妙な顔をする。

「どうした。ここに来れば、おうたという娘のことがわかると聞いてきたのだが」

「あの、お侍はどちらさまでございますか」

気を取り直したように手代がたずねる。

「とある大名家の跡取りだ」

「えっ、まことでございますか」

「うむ、俺は嘘はつかぬ」

「あの、お侍はお嬢さまに会うために、いらしたのでございますか」

「そうだ。ききたいことがあってな」

「ききたいこととおっしゃいますと」

「それは、おうたにじかに話す」

手代が悲しげに目を落とす。

「あの、お嬢さまは、もうこの店にいらっしゃらないのです。実を申し上げればこの世にいらっしゃらないのです」

「なんだと」

俊介は驚きに、あとの言葉が続かない。辰之助も大きく目を見開いている。

「どうして亡くなった」

俊介はようやく声をしぼり出した。手代は一存で答えてよいものか、迷ったようだ。

「あの、少しこちらでお待ち願えますか」

一礼して、奥へ姿を消した。

待つほどもなく、戻ってきた。恰幅《かっぷく》はよいが、どこか顔色のさえない、年のいった男を連れてきている。

「こちらが主人でございます」

「宗左衛門《そうざえもん》と申します」

男がていねいに辞儀する。

「俺は真田俊介という。これは供の寺岡辰之助だ」

「えっ、真田さまとおっしゃると、あの、信州松代の……」

宗左衛門は呆然としている。手代もあまりの驚きに声がない。

「あの、娘のことをお聞きになりたいとのことでございますが」

「うむ、そうだ。六年前、おうたは時三郎という錺職人の家に行かなかったか。その際、黒蝶の夢という簪を買い求めたはずだ」

「はい、おっしゃる通りでございます。確かにおうたは、黒蝶の夢を手に入れました。ひじょうに気に入っておりました」

「その黒蝶の夢は、その後どうなった。いや、その前におうたになにがあった。亡くなったとたった今聞いたばかりだが」

はい、といって宗左衛門がうつむく。

「殺されたのでございます」

「なんと」

俊介はごくりと唾を飲んだ。辰之助も驚きを隠せずにいる。

「わけをきいてもかまわぬか」

「はい、もちろんでございますが、こんなところではなんですので」

俊介と辰之助は奥にいざなわれ、藺草《いぐさ》のにおい立つような畳が敷かれた座敷に座った。向かいに宗左衛門が正座する。ここはもうよいから、といわれ、手代は仕事に戻っていった。

「娘が殺されたのは、押し込みに入られたからでございます」

「押し込みか。ここに入ってきたのか」

いいえ、と宗左衛門が首を横に振った。

「婚家での出来事です」

「嫁入り先が押し込みにやられたのか」

「さようです」

宗左衛門がため息をつく。

「娘の婚家は杉柴《すぎしば》屋と申しまして、味噌《みそ》と醬油《しょうゆ》を商う大店だったのですが、家人は皆殺しにされました。それが、今から六年ほど前のことになります。娘が嫁《か》してから、三月後の出来事でした」

父親としては無念だっただろう。嫁ぐのを三月ずらしていたら、娘は今も生きているはずだからだ。

「おうたの母親も娘の死に強い衝撃を受けて床に臥《ふ》し、その後、魂を天に吸い取られるように衰弱して亡くなりました」

「それはつらかったろう」

「はい……」

宗左衛門が肩を震わせている。俊介は、宗左衛門の気持ちが落ち着くのを待った。

「あるじ、もうきいても大丈夫か」

宗左衛門がはっとする。目尻の涙をあわててぬぐう。

「失礼いたしました。はい、なんでもおききください」

「ならば、あらためてきくぞ。おうたが買い求めた黒蝶の夢だが、婚家に持っていったのだな」

「はい、そのための物でしたから」

「黒蝶の夢だが、まさか押し込みが持っていったのではあるまいな」

「そのまさかでございます。お金は八百両ほど奪われたらしいのですが、黒蝶の夢も賊は持っていったようなのです」

あれだけのすばらしさである以上、押し込みの目を惹《ひ》いても不思議はない。

「押し込みが黒蝶の夢を持っていったことは、皆が知っているのか」

「いえ、そういうわけではありません。手前は御番所のお役人に杉柴屋に呼ばれ、おうたの持ち物でなくなっている物がないか、ときかれましたので、どうも黒蝶の夢という簪がなくなっているようだと伝えました。ですので、そのことは、ほとんど外に漏れていないのではないかと思います」

　そういうことか、と俊介はいった。

「押し込みが何人だったか、わかっているのか」

「はい、一人だったそうでございます」

「一人で家人を皆殺しにしたのか」

「はい、全部で五人です。おうた夫婦に両親、祖母です」

　これはどういうことなのか。押し込みが奪った黒蝶の夢が質屋に持ち込まれ、それが偶然にもつくり手である時三郎のところに修理に持ち込まれた。そして、時三郎は殺されなければならなくなった。

「あの、真田さま」

　宗左衛門が呼びかけてきた。

「今になって、どうしておうたや黒蝶の夢のことをおききになるのでございますか」

「先日、錺職人の時三郎という者が殺された。女房が捕らえられ、牢屋に入れられた。俺は、女房に濡衣《ぬれぎぬ》を着せた者を捕らえるつもりでいる」

「下手人は別にいるとにらんでいるわけでございますね。さようでございましたか。

それはまた……」

「大名の跡取りらしくないか」

「とんでもない。ご立派にございます。いずれ上に立たれるお方は、やはりちがうものでございますね」

「押し込みはまだつかまっておらぬのだな」

「さようでございます」

「ならば、きっとおうたの仇《かたき》を討つこともできるはずだ」

俊介は断言した。時三郎殺しに、この押し込みが関わっているのはもはや疑いようがない。

「まことでございますか」

「うむ、俺は嘘をつかぬ」

俊介は大きく顎を動かした。

「滋野屋、朗報を待っていてくれ」

宗左衛門が両手をつき、深く頭を下げた。

俊介と辰之助は滋野屋をあとにした。

「どうして時三郎は殺されなければならなかったのか」

俊介は歩を進めながらつぶやいた。

「時三郎は、今林家から自分の作った黒蝶の夢の修理を請け負ったに過ぎぬ。杉柴屋が押し込みにやられたことは知っていただろうが、黒蝶の夢が奪われたことは知らなかったはずだ。それにもかかわらず、時三郎は殺された」

俊介は茶店を見つけた。

「辰之助、おきみやおはまには申し訳ないが、ちと一休みするか」

「はい、そういたしましょう」

俊介たちは茶店の縁台に腰かけ、茶と饅頭《まんじゅう》を注文した。

「辰之助、今日のことを振り返ってみるか。これまでいろいろなところを訪ねてみたが、怪しいと思える者はいたか」

辰之助が軽く唇を噛《か》む。

「いえ、それがしには怪しいと思える者は一人もおりませぬ」

「俺も同じだ」

俊介は茶を喫し、饅頭をほおばった。

「順番に考えてみるか。まず書院番頭をつとめている今林家はどうだろう。怪しいところはあるか」

「ないのではないでしょうか。時三郎どのに修理を依頼に行った家士は今林家に奉公をはじめて三十年になる者と、用人の進藤どのはおっしゃっていました。今林家の者が押し込みをするとも思えませぬ」

「確かにな」

俊介は辰之助のいい分を認めた。

「では、次に訪れた呉服屋の元橋屋はどうだ。八蔵が黒蝶の夢を手に入れ、今林家に贈った」

「八蔵は、隠居をして嫁をもらい、上方で幸せな暮らしを送っているそうです。江戸で暮らしている時三郎を殺すこと自体、まず無理でしょう。時三郎のことも、知らぬのではないでしょうか」

「そうだな。元橋屋の者たちも押し込みをする要はなかろう。すばらしく繁盛していたからな。見かけだけ繁盛し、実は裏は火の車というのはよく聞くが、元橋屋の繁盛ぶりは本物だった。奉公人たちも生き生きと働いていた。なにか不安があれば、あのような働きぶりにはならぬ」

「次に訪れたのは、八蔵が黒蝶の夢を手に入れた質屋の丸亀屋でございます」

俊介は湯飲みを取り上げ、再び茶を飲んだ。

「あるじは伊兵衛という者だったな」

湯飲みを置き、腕組みをする。

「ふむ、ちと怪しいかな」

「はい、いわれてみれば、怪しいような気になってまいります。取引が帳面に残されていなかったですし、五年前のこととはいえ、黒蝶の夢を質に入れに来た者をまったく覚えていないというのは、やはり不自然なのではないかと思います」

「うむ、黒蝶の夢ばかりに目がいったせいで持ち込んだ者の記憶がないと伊兵衛はいっていたが、果たして本当にそうなのか。黒蝶の夢を持ち込んだ者など、はなからいなかったのかもしれぬ」

「はい、十分に考えられます」

「となると、丸亀屋伊兵衛が時三郎を殺したことになるのか。そして、杉柴屋の押し込みでもあるということか。そうだとして、時三郎とはどういう関係だったのか、それを解き明かさねばならぬ。それでなければ、時三郎が殺されなければならぬわけがわからぬ」

「押し込みは一人だったとのことですから、時三郎が押し込みの仲間だったというのは、当たりませんね」

「うむ、その通りだ」

俊介は大きく息をつき、伸びをした。

「こうして茶を飲んでいても埒《らち》があかぬ。よし、辰之助、とにかく丸亀屋伊兵衛のことを調べてみよう」

いったん屋敷に戻った俊介は、慣れた筆を用い、伊兵衛の人相書を描いた。何枚か反故《ほご》を出したのち、辰之助に見せると、よく似ています、との答えが返ってきた。それを持って、俊介はおきみに会いに行った。

すでに日暮れが近く、おきみは友垣のおゆかのいる太右衛門店にいた。亭主の源平は帰ってきており、女房のおみくがつくったおかずを肴《さかな》に、晩酌をしていた。

「楽しんでいるところをすまぬな」

俊介は源平に謝った。源平がまじまじと俊介を見つめる。

「いえ、そんなのはいいんですが。あの、お侍は真田さまの若殿ではないかって噂があるのですけど、まことのことですか」

「なんだ、ばれていたのか。けっこう知られているものだな。そうだ、俺は真田家の跡取りだ。俊介という。よろしくな」

俊介は、恐縮している源平たちに辰之助を紹介した。それからおきみに向き直る。

「おじさん、えらい人だったの」

「おきみちゃん、若殿をおじさんなんて呼んじゃあまずいよ」

源平が驚いてたしなめる。

「いや、かまわぬ。俺とおきみは友垣ゆえな」

俊介はおきみに笑いかけた。

「それに、別にえらくはない。おきみと変わらぬ」

「そういってもらってよかった。えらい人は、つき合いづらいものね」

ずいぶんと大人びた物言いをするものだ。

「おきみ、これを見てくれ」

おきみが丸亀屋伊兵衛の人相書を手にする。

「この男に見覚えがあるか」

「うん、あるよ」

「まことか」

「うん」

「どこで会った」

「おうちよ」

「いつのことだ」

「半月くらい前だと思う」

「この男は家になにしに来た」

「簪の修理。何本か持ってきたの」

質入れされた簪でよい物だけを選び、時三郎のところに持ってきたのではあるまい
。

「おとっつぁんは、この男を知っているようだったか」

「ううん、初めての人だったわ。いろいろときいていたもの」

「そのとき、この男におかしな様子はなかったか」

おきみが首をひねる。

「よく覚えていないけれど、おとっつぁんが、どうかしましたかい、といって、この人が、いや、なんでもありませんよ、と答えたのは覚えてるわ。私、背中を向けていたから、なにがあったのか、わからないけど」

俊介はぴんとくるものがあった。

「そのとき、黒蝶の夢は箪笥の上に置いてあったか」

「うん、あったよ」

つまり、こういうことではないか。伊兵衛は黒蝶の夢を見て、どうしてここにあの簪があるのか、とひどく驚いた。それを見て、時三郎がどうかしましたかい、と声をかけた。伊兵衛はあわてて、いや、なんでもありませんよ、と答えた。だが、その様子に時三郎は不審の念を抱いた。この男は黒蝶の夢を見るのは初めてではないのではないか。おうたの嫁ぎ先である杉柴屋が押し込みにやられたことを知っていた時三郎は、伊兵衛を疑いはじめた。

ここ最近、時三郎はよく出かけていたとおきみはいったが、実のところ、伊兵衛のことを調べていたのではないか。

それを伊兵衛に感づかれ、結局、返り討ちのようなことになってしまった。

時三郎が伊兵衛のことを調べるようなことをしなければ、こたびの惨劇は起きなかったのかもしれない。

だが、五人を殺した押し込みを見つけたかもしれないとわかって、放っておくことなど、時三郎はできなかったのだろう。

時三郎が一つまちがいを犯したとすれば、それは町方に相談しなかったことだ。岡っ引は信用ならない者が多いし、町奉行所へ行くのはどうも気が重かったのかもしれない。それでも、自ら調べるよりはずっとよかった。確証を得てからでないと、お叱りを受けるとでも考えたのかもしれないが、築地悌蔵のように信頼の置ける町方もいるのだ。

「おじさん、どうかしたの」

俊介は顔を上げた。

「ちと考え事をしていた。おきみ、おっかさんを取り戻すまで、あと少しだけ待ってくれ。本当にあと少しだ」

「ほんとうなの。ほんとうにおっかさん、帰ってくるの」

「うむ、じきだ」

「この男の人が、おとっつぁんを殺したの」

おきみが人相書をにらみつける。

「いや、まだわからぬ。それは、これからはっきりする」

「この人、誰なの」

「それもあとで教えよう。すまぬな、おきみ」

俊介は辰之助に目を転じた。

「よし、辰之助、行くか」

「はい」

辰之助は、俊介がこれからどこに向かうつもりなのか、解している顔つきである。

おきみたちの見送りを受けて、俊介は南町奉行所に歩を進めた。

築地悌蔵はもう八丁堀《はっちょうぼり》の組屋敷に帰っているかとも考えたが、同心詰所にまだ居残っていた。

悌蔵は小者に先導されて、大門の外まで出てきた。

「あっ、これは若殿」

あわてて腰をかがめる。

「お客だというから誰かと思ったら……」

「ここで話をしてもよいか」

悌蔵が俊介と辰之助を見つめる。

「なにか手応えがあるようなお顔をされていますね。本当の下手人がわかったのではないでしょうね。ちょっとそこの蕎麦屋にでもまいりましょう」

「おう、よいな」

三人は歩き出した。

「蕎麦切りは好物ですか」

「大がつくくらいな」

「それがしと同じですね」

悌蔵が足を止め、こちらです、といって暖簾を払う。

「親父、二階を使わせてもらうぞ」

悌蔵が厨房《ちゆうぼう》に声をかける。

「はい、どうぞ」

答えが返ってきた。

「盛りを三枚、頼む」

「承知しました」

三人は階段を使って二階に上がった。そこは、八畳間だった。誰もおらず、ひっそりと暗かった。

「昼はそこそこはやっているんですが、夜ともなると、あまり客がいない店で、人に聞かれたくない話をするのには都合がいいのですよ」

悌蔵が手早く行灯《あんどん》をつける。部屋が遠慮がちな光に照らし出された。古いが、掃除は行き届いており、汚さはまったく感じられない。

三人はすり切れた畳に座った。

俊介はこれまでの経緯を、細大漏らさず語った。

「ほう、たった一日でよくそこまでお調べになりましたね」

悌蔵は感嘆の色を隠さない。

「すばらしいの一語に尽きます」

「うむ、がんばったからな」

俊介は真剣な顔でいった。

「それで、最後の詰めは本職に任せようと思ってそなたに会いに来た」

「手柄を譲ってくださるのですか」

「手柄など、俺には興味はない。とにかくおはまを無事におきみのもとに戻したい。俺の望みは、ただそれだけだ」

はっとした顔で悌蔵が俊介を凝視する。それからそっと口をひらいた。

「それがし、若殿には感服いたしました。では、これから探索に取りかかります」

「今からか」

「はい、さようで」

悌蔵がにこりとする。

「本職が負けてはいられませんから。すぐに蕎麦切りがきましょうが、それがしの分も召し上がっていってください」

悌蔵が階段を駆け下りていった。

「親父、勘定だ」

そんな声が耳に届き、それから戸があいて閉まった。静寂が戻ってきた。

「うまくいくとよいな」

辰之助が顔をほころばせる。

「うまくいきますとも」

それからしばらくして、階段をゆっくりと上がってくる足音が響いてきた。

七

悌蔵からの知らせを待っていた俊介は辰之助とともに屋敷を飛び出した。

南町奉行所の前に駆けつけると、おきみは大門のところで、おはまの姿が見えないものかと背伸びをしては、なかをのぞき込んでいた。源平とおみく、おゆかの三人がつき添っている。三人もそわそわしている。

「ああ、これは若殿さま」

源平とおみくがていねいに腰を折った。おゆかがぺこりと頭を下げる。

「おきみちゃん」

おゆかが呼びかける。

「なあに」

こちらを向いたおきみが俊介に気づく。

「あっ、おじさん」

走り寄ってきた。

「来てくれたの」

「当たり前だ」

おきみがわっと泣き出す。ひしと抱きついてきた。

「おっかさん、帰ってくるの。おじさん、ありがとう」

「よかったな」

俊介は優しく背中をなでた。

「ありがとう、ありがとう。おじさんのおかげよ」

「俺はなにもしておらぬ。無実の者が解き放たれるのは、当たり前のことに過ぎぬ」

おきみは泣き止まない。

「おきみ、そんなに泣いていると、おっかさんと会ったとき、涙が涸《か》れてしまうぞ」

俊介は気配を感じ、大門のほうを見た。

「おきみ、来たぞ」

「えっ」

おきみがさっと見やる。

悌蔵がおはまについている。おはまは元気そうだ。足はふらついていない。近づいてくるうちに、やつれはほとんど見られず、顔色もさほど悪くないのが見て取れた。

悌蔵は、おはまの身について最善を尽くすという約束を守ってくれたのだ。

「おっかさん」

おきみが大きく背伸びをして手を振る。大門のなかに入ってはいけないという決まりを懸命に守り、その場に必死にとどまっているが、体は前のめりで、今にもおはまのもとに駆けていきそうだ。

「おきみ、おきみ」

おはまが大声を発した。その声を耳にしたおきみが、だっと走り出した。大門を抜け、一目散に駆け寄る。

おはまが両手を大きく広げる。おっかさん、と叫んで、おきみが飛び込んでいった。

母と娘はひしと抱き合った。

「おっかさん」

「おきみ、おきみ」

二人は号泣している。

「ごめんよ、おきみ。寂しい思いをさせたね。どんなに悲しかっただろうね。おっかさんが悪いんだよ」

そばの悌蔵がそっと横を向いた。

「おっかさんは、牢のなかでおきみのことばかり考えていた。なにもしていないのだから、いつか必ず出られるって思っていたけど、心がどうしても折れそうになって。そんなとき、おきみの顔を思い浮かべたんだ。おっかさんが無事に出られたのは、おきみのおかげだよ」

「あたしも、おっかさんのこと、ずっと考えていた。死にたくなったりしたけど、おっかさんが帰ってきたとき、あたしがいなかったらどんなに寂しくて悲しい思いをするか、考えて、死ぬのをやめたんだよ。おゆかちゃんも励ましてくれた」

母と娘の会話に胸が熱くなり、俊介も涙がとめどもなく流れた。辰之助も目頭を押さえている。

源平とおみくは、涙をこぼしながら、よかった、よかった、といい合っている。おゆかは大声を上げて泣いている。


伊兵衛はすべてを白状した。

丸亀屋という質屋を開業したまではよかったものの、あまりはやらず、なけなしの金をつぎ込んだ米相場で大きなしくじりをやらかし、莫大な損金を出した。

それで、以前から大店の割に戸締まりなどが甘いとにらんでいた杉柴屋に押し入った。ほっかむりをしていたものの、それが取れてしまったために家人を皆殺しにし、八百両もの金を奪ったまでは、まだよかった。しくじりは、それまで見たことのなかったような見事な簪を目にしたことだ。

どうしてもほしくなってしまい、その衝動のままにそれを袂《たもと》に落とし入れ、小判を風呂敷に包み込んで杉柴屋をあとにした。大金を得たことで、破産の危機はなんとか回避できた。その後は捕り手につかまることだけを恐れて暮らしていたが、町奉行所の手は結局、及ばなかった。

伊兵衛は一安心したものの、今度は奪った簪のことが気にかかってきた。どうしてか、持っていてはまずいような気がしてきた。だからといって捨てる気になれず、危ういかと思いつつも、杉柴屋に押し入ってから一年後に店に並べてみた。

品物自体すばらしいだけに、すぐに売れた。なじみの呉服屋の奉公人が買っていった。元橋屋の八蔵だった。これで厄払いができたような気になり、それからはふつうに暮らせるようになった。質屋で十分な利益が出るようになったのである。

ある日、質流れ品として、簪がずいぶんとたまったことに気づいた。いい物もあれば、どうしようもない物もあったが、何点かかなりよい出来の簪があった。磨けば売れると感じ、伊兵衛は評判の錺職人の時三郎という男のもとへ修理に持っていった。

家に足を踏み入れた途端、目を疑った。ずっと前に手放した例の簪が、そこにあったからだ。あまりに驚きが強すぎて、時三郎にいぶかしがられたのが、はっきりと伝わってきた。時三郎は杉柴屋が押し込みに入られたのも知っている様子で、すぐに伊兵衛に疑いを抱いたらしい。丸亀屋の近くで、ちょくちょく姿を見かけるようになったのがその証《あかし》だった。

——自分のことを調べ回っている。

恐れを抱いた伊兵衛は、時三郎を亡き者にすることを決意した。

伊兵衛自身、毎晩、深くほっかむりをし、時三郎の住みか近くの人けのない場所にひそんだ。

機会はあっさりとやってきた。夫婦喧嘩があり、時三郎がふらりと外に出ていったからだ。そのあとを女房が追ったが、途中、別の道に入っていった。

伊兵衛は時三郎のあとをつけ、人けがないのを見計らって一気に近づいた。むろん、足音を消すことを忘れなかった。

手にしていた簪で、背後から心の臓を一突きにした。あっ、と叫び、こちらを向いたが、時三郎はあっけなく絶命した。

死骸を人目につかない場所に隠し、それから時三郎の家に取って返した。もし時三郎が自分のことを誰かに話していたら、時三郎殺しの下手人として、自分は確実につかまるだろう。それを避けるためには、誰かほかの者を下手人に仕立てなければならない。女房を下手人に仕立てるのが最も手っ取り早そうだというのは、はなからわかっていた。

女房はすでに帰ってきていた。半開きの窓からなかをうかがうと、自分の簪を髪から抜き、簞笥の上に置いたところだった。女房と娘は抱き合うようにして布団に横になった。二人はすぐに寝息を立てはじめた。

簞笥の上には女房の簪だけでなく、例の簪も置かれていた。まだ修理は終わっていないようだ。

検死医者というのは、腕のよい者がそろっている。

どんな凶器が用いられたか、一目で見抜くと聞く。

伊兵衛は音を立てないように戸をあけて忍び込み、女房の簪を手にした。娘のほうが寝返りを打ったときには、心の底から驚いた。すぐに外に出て、時三郎の死骸のところに戻った。誰にも見つかることなく、死骸はそこにあった。少しだけ人目につきそうなところに死骸を移し、血に浸した簪をそばに転がした。

その後、なに喰《く》わぬ顔で伊兵衛は丸亀屋に戻った。噂で時三郎の女房がつかまったと聞いたときには、ほっとした。これで自分は安泰だと思ったが、それは大きな考え違いでしかなかった。そして、伊兵衛は捕らえられた。杉柴屋に押し込んだとき、あの簪に目を奪われなければこんなことにはならなかったはずだ。

実際、伊兵衛が店に押し込んだのは、杉柴屋が初めてではなかった。伊兵衛は四国の丸亀の出身だが、一度、大坂で押し込みを行い、大金を得た。その金を手に江戸にやってきて、質屋を開いたのである。

以上のあらましを俊介は悌蔵から聞いたが、伊兵衛は心得違いをしていると感じた。黒蝶の夢を盗んだから、身に破滅が訪れたわけではない。悪事をはたらいた時点で、伊兵衛がこうなることは、運命として定まっていたのだ。

「ねえ、おじさん」

俊介は両手を合わせたまま顔を上げ、おきみを見た。

「おとっつぁん、極楽に行ったと思う」

「もちろんだ」

俊介は線香の上げる細い煙を目で追った。うしろで辰之助も同じことをしている。

「そこから、おきみを見守ってくれている」

「そうだよね」

「おきみの父は、なにも悪いことをしておらぬ。極楽に行くのが当たり前だ」

おきみがほっとしたように目を閉じ、また墓に向かって両手を合わせた。

「ねえ、おじさん」

おきみが立ち上がった。

「おとっつぁんがいま教えてくれたよ」

「なにをだ」

「おとっつぁんが、どこかの若い娘のために新しくつくっていたという簪のことよ」

「ああ、そんなこともあったな。なにを教えてもらったんだ」

「あの簪ね、おっかさんのためにつくっていたんだって。日頃の感謝を示すために」

「ああ、そうだったか」

「あれ、おじさん、わかってたの」

俊介は微笑した。

「そんなことはない」

それを聞いて、辰之助が笑みをこぼす。

「おとっつぁんね、喧嘩をしたときにぷいっと家を出たのは、おっかさんのためにつくっていることを口走りそうになったからだって」

「そうか、そういうことだったのか」

俊介は納得した。

「おきみ、おっかさんが頭を冷やしに行く場所はわかったのか」

ううん、とおきみがかぶりを振った。

「教えてもらえないの。おっかさんの思い出の場所だから教えるわけにはいかないって。おとっつぁんに、一緒になってくれといわれたところみたいよ」

ふふ、と俊介は笑った。

「娘といえども、秘密にしておきたい場所か。時三郎とおはまは、本当に仲のよい夫婦だったのだな」

「そうよね。ねえ、おじさんはどうなの」

「どうなのってなにが」

「夫婦仲はいいの」

「俺はまだ独り身だ」

「だったら、お嫁さんが見つからなかったら、あたしがお嫁さんになってあげるね」

「おっ、そうか。そいつはうれしいな。おきみ、約束だぞ」

「指切りげんまんする」

「よし」

俊介はおきみと小指を絡め合った。

「嘘ついたら針千本のおます。——でも、おじさん、勘違いしないでね。あたしがお嫁さんになるのは、おじさんにお嫁さんが見つからなかったときだけだからね」

「ああ、よくわかっている」

時三郎が笑いかけたせいで立ったような穏やかな風が、あたりには吹き渡っている。

第三章　出入り

一

人払いがされており、俊介は少し緊張した。

「座るがよい」

俊介は背筋をぴんと伸ばして正座した。

「そんなにかしこまることはないのだ」

幸貫が柔らかな微笑を浮かべる。

「俊介、相変わらず市中をほっつき歩いているそうだな。伝兵衛がこぼしておったぞ」

そういえば、このところ爺《じい》に会っていない。元気にしているのだろうか。

「爺はどうしているのですか」

「風邪を引いたそうだ。部屋で、うんうんうなっている」

「まことでございますか」

俊介は驚き、尻が浮いた。

「爺が風邪で寝込むなんて……」

「うむ、めずらしく風邪を引いたらしい」

「それがし、見舞いにまいります」

「うむ、それがよかろう」

幸貫が深くうなずく。

「だが俊介、その前に話がある」

俊介は座り直し、父親を控えめに見つめた。

「もうあれから半月ばかりたつが、まだ襲ってきた者の正体は知れぬのだな」

「おっしゃる通りにございます。新之丞が町方の者に依頼し、調べてもらっていますが、探索は進んでおらぬようです」

「賊に関し、なにか思い出したことはないか」

俊介はかぶりを振った。

「何度も考えてみたのですが、なにも出てきませぬ。申し訳ありませぬ」

「なに、謝ることなどないのだ。気配はどうだ。このところ怪しい目などを感じぬか」

俊介は、ここ最近の日常を振り返ってみた。

「そういうものは一切感じませぬ」

「余に心配をかけぬために、そう申しているわけではないな」

「はっ。それがしは嘘《うそ》のつけぬ性分ですので」

「そうであったな。ならばよい。だが、俊介。もう一度、冷静に振り返ってみよ。なにか見えてくるものがあるかもしれぬ」

「はい、そうしてみます」

これまでも俊介は何度か、最近のおのれのことを顧みた。だが、心に引っかかるものはなかった。

ふと幸貫が脇息《きょうそく》にもたれる。少し疲れが見えるような気がする。顔色もあまりすぐれないようだ。ここには二人だけだから、遠慮なしにきいてもよいだろう、と俊介は判断した。

「父上、お疲れではございませぬか」

人がいるところで滅多なことをきいてはいけない。それが政争の種にならぬとも限らぬからである。

「いや、疲れてなどおらぬ」

脇息から体を離し、幸貫がにこりとする。

「強がっておるわけではないぞ。俊介、余は本当に疲れておらぬ」

「それならよいのですが」

「俊介、心配してくれてうれしいぞ。せがれに案じてもらうことほど、父親としてうれしいことはない」

そういわれて、俊介もうれしかった。

「余は、そなたがいとおしくてならぬ。失いとうはない。俊介、考えたくはないが、狙われたのは、そなたがなんらかのうらみを買ったからだ。人というのはつまらぬことでうらみを抱く。逆うらみも少なくない。いや、逆うらみがほとんどであろう。俊介、もう一度、じっくりとおのれの来し方を振り返ってみたほうがよかろう」

この言葉は胸に響いた。

「はい、じっくりと思い返してみます」

俊介は心の底から答えた。

うむ、と幸貫が深く顎《あご》を引く。

「ところで俊介、そなた、好きなおなごはおるのか」

唐突に話題が変わり、俊介は面食らった。有馬家の姫のことが頭に浮かび、心の臓がどきりとしたが、その思いはすぐさま打ち消した。かりそめの恋でしかない。大名の子息は町人とはちがう。惚《ほ》れた腫《は》れたはあり得ないのである。

「おりませぬ」

「嘘だな」

ずばりいわれた。

「嘘などついておりませぬ」

「嘘をつけぬ性分といったが、これに関してはは当てはまらぬようだ。好きなおなごがいると顔に書いてある」

「いえ、そのような者は決して」

幸貫がじっと見る。すぐに破顔した。

「そのあたりは追い追いきくことにしよう。そなたも十九だ。そろそろ身を固めることを考えてもよい。縁談はいくらでもある。それこそ降るほどだ」

「えっ、まことですか」

「まことのことよ。大名間での真田家の人気はすさまじい。これも高名なご先祖のおかげよ」

確かにその通りだろう。戦国の頃に活躍した先祖の武勇は、江戸で知らぬ者はいない。

「俊介が好きなおなごがおらぬといい張るのであれば、余のほうで嫁を選んでもよいか。むろん、人柄を第一に考えることになろう」

またも有馬家の姫の面影が脳裏に映り込んだが、そのことをいっても無駄でしかない。大名間の婚姻は自分の思いなど関係なく、家と家の結びつきを強くするためのものでしかないのだ。

「父上にすべてお任せいたします」

俊介は頭を下げた。

「よし、わかった。必ずよきおなごを選ぶゆえ、安心せよ」

「ありがたきお言葉」

幸貫の用事とは、どうやらこれだったようだ。深々と辞儀して俊介は退出し、伝兵衛の部屋に向かった。やはり有馬家の姫のことを口にすべきだったか、と今さらながら後悔した。好きなおなごはおります、といえば、とんとん拍子に縁談は進んだのではないか。だが、もはやあとの祭りである。

伝兵衛の部屋の前で足を止め、襖《ふすま》に向かって静かに声をかける。

「爺、俊介だ。入ってよいか」

だが、応《いら》えはない。眠っているのか。風邪を引いたときは、なにしろ寝ているしかない。ほかに治す手立てはないといってよい。

眠りの邪魔をしてはならぬ、と俊介はそのまま自分の離れに戻ろうとした。だが、足は動かなかった。

まさか爺が死んでいるなどということはないだろうな。

気になってその場を離れられず、俊介は襖をそっと横に滑らせた。布団がまず見え、伝兵衛が横になって目を閉じているのが視野に映り込む。息をしているのか、判然としない。布団は上下していないように見える。

まさかな。いくらなんでも考えすぎであろう。俊介は、音を立てないよう部屋に入り込んだ。枕元へ近づく。畳に両膝をついて、伝兵衛が息をしているかどうか確かめるために鼻に手をかざした。

「狼藉者《ろうぜきもの》」

いきなり腕をつかまれ、投げを打たれた。俊介は必死にこらえ、待て、といった。だが、伝兵衛の耳にその言葉は届かない。俊介を投げ飛ばし、膝の下に折り敷こうとしている。

「俺だ、爺、俊介だ」

伝兵衛の動きがぴたりと止まった。俊介の顔をじっと見る。

「なんと、まことに若殿ではありませぬか」

伝兵衛があわてて腕を放した。

「若殿。なぜ、こそ泥のような真似《まね》をされたのでござるか」

「こそ泥などではない。爺が生きているかどうか、確かめるつもりだった。爺、いつから目覚めていたのだ」

「部屋の外から、若殿に声をかけられたときでござる」

「だったら、入ってきたのが俺だと、知っていたのではないか」

ははは、と伝兵衛が笑った。

「いやなに、若殿がどのくらい強くなったか、試してみたのでござるよ」

ふう、と俊介はため息を漏らした。どすんと腰を下ろす。

「ずいぶんと元気だな。風邪というのは偽りなのか」

「とんでもない。ひどい目に遭いもうした」

「もう治ったのか」

「まだでござる。鼻水がひどく、かみすぎて、鼻が痛くなってしまいもうした。熱もまだ引いてくれず、寒けがいたします」

ごほごほと咳《せ》き込む。

「咳《せき》も出るではないか。さっさと横になれ」

伝兵衛がごそごそと布団にもぐり込む。

「まったく、どうして俺の腕を試すような馬鹿な真似をしたのだ」

「若殿、耳元でがみがみいわんでくだされ。風邪がひどうなります」

「がみがみか。それはいつも爺が俺にしていることだぞ」

「年寄りのつとめにござる。年寄りが若者にがみがみいわなくなったら、この世はしまいでござる」

確かにそういうものかもしれぬ、と俊介は思った。

「爺、寒くないか」

「寒うござる。震えが止まりませぬ」

汚い搔《か》い巻きが隅に置いてある。それを布団の上にそっとかけた。

「これでどうだ」

伝兵衛がしわ深い顔をほころばせる。

「だいぶ暖かくなってきもうした」

それにしても、と俊介はいった。

「爺が風邪を引くとは、驚いたぞ。何年ぶりだ。鬼の霍乱《かくらん》ではないか」

「十年ぶりでござる。引き方など忘れていもうしたのに、こんなことになって無念でござる。それがしも弱くなったものでござる」

「十年に一度しか風邪を引かぬ者が、弱くなったもないものだ。俺など毎年引いておる。爺がうらやましいぞ」

「そういうものでござるか」

伝兵衛の息がだいぶ荒くなっている。

「若殿、それがし、このまま死んでしまうやもしれませぬ」

「なにを気弱なことをいっておるのだ。爺は千代田城の天守から落ちても、死なぬ」

「千代田城には天守がないゆえ、確かめようがござらぬ」

「槍《やり》に刺されても平気だ」

「槍に刺されれば、死にましょう」

「大八車にひかれても大丈夫だ」

「それだって死にもうす」

「爺、本当に弱気だな」

「十年ぶりに風邪を引けば、誰でもこうなりましょう」

「とにかく早う治せ。なにかほしい物はあるか。あれば持ってくるぞ」

「ならば、裸のおなごを」

「なんだと」

俊介は伝兵衛をのぞき込んだ。

「爺、本気でいっておるのか」

「本気にござる。冥土の土産に、お願いいたします」

「そなたは死なぬと申すのに。裸のおなごなど見たら、さらに熱が上がろう」

「見るのではありませぬ。抱き締めるのでござる。そうすれば、この震えもきっと止まりましょう」

「そうか。わかった」

俊介は立ち上がった。

「震えを止めるためか。よし、裸で添い寝をしてくれそうなおなごを捜してまいろう」

襖をあけ、廊下に出ようとした。

「若殿」

か細い声がした。振り返ると、伝兵衛がじっと見ていた。

「冗談でござる。まさか本気にされたのではござるまいな」

「では、裸のおなごはよいのか」

「そのようなおなごを、若殿が見つけられるはずがござらぬ」

「そう馬鹿にしたものではないぞ」

「確かに若殿はもてますからな」

俊介は枕元に戻った。

「おなご以外で、要るものはないか」

「ありませぬ」

「そうか。なにかあれば、俺を頼れ。爺、看病をしてくれる者はおらぬのか」

「それがしは独り者でござる」

妻どころか家士もいない。中間《ちゆうげん》もいない。

「前は妻がいたと聞いたぞ」

「若殿が生まれる前に死別いたしました」

「そうか。それは初耳だな」

「若殿はお優しいゆえ、それがしは胸にしまっておきもうした。若殿に悲しい思いをさせたくなかったゆえ」

「そうだったか。いま話したのはなぜだ」

伝兵衛が苦笑する。

「風邪を引き、気が弱くなったのでござろう。しかし若殿、もう大丈夫でござる。若殿が見舞いにおいでくださり、元気が出てまいりもうした。あと少しだけ寝ていれば必ず本復いたしましょう。ですので、看護の者は遠慮いたします。人がいると、逆に気を使って、長引きそうな気がするゆえ」

「そうか。ずっとそばについていたいが、爺、俺は行かねばならぬ」

「お出かけでござるか」

「うむ、俺を襲った賊を捜しに行く」

「それがしもついてゆきたい」

「気持ちはわかるが」

俊介は布団を直した。伝兵衛がうなだれる。

「仕方ありませぬ」

「うん、よい子だ。頭をなでてやりたいぞ。爺、ゆっくりとやすめ」

俊介は部屋を出、そっと襖に手をかけた。伝兵衛がいつまでも見ていた。

俊介は後ろ髪を引かれる思いで、離れに戻った。

辰之助がいない。厠《かわや》にでも行っているのか。俊介は身支度をし、腰に刀を差した。

そこへ辰之助が戻ってきた。やはり厠だった。

「お出かけですか」

「うむ。俺を狙った賊を捕らえにまいる」

父にいわれて、ここ最近のことを先ほどじっくりと振り返ってみた。賊に襲われる前にしてのけた、うらみを買いそうなことは、やはり三つである。

やくざどもを叩《たた》きのめしたこと。浪人をぶん投げたこと。ひったくりを捕らえたこと。このなかに、寝所《しんじょ》に忍び込み、命を狙ってきた者がいるのではないか。

俊介にならい、辰之助も刀を差した。

「若殿、一つうかがってもよろしいですか。殿はどのようなご用事だったので」

「嫁取りだ」

「えっ」

「話はきているそうだ。そのなかから、父上がお選びになってくれる」

「有馬さまの姫君はいかがされるのです」

「どうもせぬ。一度顔を見ただけでしかない。惚れているわけでもない」

「若殿は見栄っ張りですね」

「馬鹿をいうな」

俊介は離れを出た。門に向かって歩き出す。

「辰之助、有馬の姫のことは忘れろ。二度と口にすることは許さぬ」

「はっ、承知いたしました」

辰之助が深くこうべを垂れた。

二

長屋門をくぐって上屋敷をあとにし、目の前の道を進みはじめた。

「若殿、どちらに行かれるのです」

「まずはやくざ一家だ」

「この前、叩きのめした連中ですね」

俊介は歩を運び、二十日ばかり前、やくざ者がたかっていた一膳飯屋にやってきた。この店では七、八人のやくざ者が店の者にいちゃもんをつけ、代を払わずに出ようとしていたのである。

俊介は店の者に、あのときのやくざ者がどこの一家なのかを聞き出した。

次に足を止めたのは、一膳飯屋から五町ほど東へ来たところだ。道沿いの一軒家である。『昇』と黒々と記された提灯《ちょうちん》が二つ、ぶら下がっている。同じように『昇』という字が黒地に染め抜かれた暖簾《のれん》が風に揺れていた。

暖簾を払った俊介は、障子戸をからりとあけた。大勢のやくざ者が、土間から一段上がった畳敷きの広間にたむろしていた。いっせいに眼差しが注がれる。

土間に立った俊介たちを見て、若い者がやってきた。俊介と辰之助を目の当たりにしても恐れる様子はない。

　俊介はやくざ者どもをざっと眺め渡したが、見覚えのある顔は一人としていなかった。ちがう一家に来てしまったかと思ったが、先ほどの一膳飯屋の者がまちがえるはずがない。昇之助《しようのすけ》一家で合っている。

「なにかご用ですかい」

　若い者がきいてきた。

「親分はいるか」

「お侍のお名をお聞かせ願えますかい」

「俺は真田俊介、こちらは供の寺岡辰之助だ」

「真田さまですかい」

　やくざ者がまじまじと見る。他の者たちも真剣な目を当てている。

「信州の松代とかいうところのお大名が真田さまですけど、そちらとなにか縁《えん》があるんですかい」

「俺はその真田家の跡取りだ」

「ええっ」

　若い男が目を丸くする。

「冗談じゃないんですかい」

「冗談ではない。大まじめに申しておる。早く親分に取り次ぐがよい」

「あっ、はい、ただいま」

若い男が奥に姿を消す。すぐに親分らしい男を連れてきた。といっても、かなり若い。まだ二十代半ばといったところだろう。

「あっしが一家をまとめておりやす昇之助でございます」

若いのに、ずいぶん落ち着いた物腰である。

「真田俊介だ」

俊介が名乗り返すと、昇之助が上から下までまじまじと見る。

「本物のようでございますね」

「当たり前だ」

「真田さまの若殿がどんなご用か存じませんが、お上がりになりますかい。男ばかりでむさ苦しいところですけど」

「うむ、甘えさせてもらおう」

俊介と辰之助は奥に通された。料亭のようにきれいな座敷に座った。

「よく掃除してあるな」

俊介はたたえた。

「ありがとうございます。あっしは日々の過ごし方が最も大事と思っているんです。

掃除をすると、気分がせいせいするじゃありませんか。あっしはそれが好きなんですよ」

　俊介は昇之助をしげしげと見た。

「親分は井山《いやま》という一膳飯屋を知っているか」

「いえ、存じません」

「子分どもがたかっていた。そいつらを俺は懲らしめてやった。だが、見渡したところ、その者たちは一人もおらぬ」

　昇之助が眉根を寄せる。

「そいつらはもういません」

「どういうことだ」

「つい二月《ふたつき》前、あっしの親父《おやじ》が亡くなったんですよ。それで、親父の片腕だった男が、十五人の子分を率いて出ていったんです。あっしにはしたがえねえといいやして。その井山という一膳飯屋で悪さをしていたのは、そいつらでしょう。あっしはそんなことは、決して許しませんから」

　昇之助は目がきらきらしている。やくざ者には似つかわしくない。どちらかというと、手習師匠のほうが、ふさわしいような気がする。きっと手習子《てならいこ》たちに慕われる師匠になるのではあるまいか。

ここはちがうな、と俊介は判断した。俺を襲ってなどいない。死んだ父親の片腕が連れていった者たちも、多分ちがうだろう。一家を離れたばかりでは、悪さをするなどという真似はまずできまい。自分たちの足場を固めることが第一だろう。

「邪魔をした」

俊介は立ち上がった。辰之助もそれを見て、続いた。

昇之助があっけにとられる。

「えっ、もういいんですかい」

「ああ、用は済んだ」

「さいですかい」

俊介と辰之助は外に出た。昇之助が見送る。

「なにかあっしらの力がお役に立つことがあれば、お声をおかけください。身を粉にして働きますすよ」

俊介は笑った。

「俺たちがやくざ者に力を借りることは、あり得ぬ」

昇之助がにっとする。

「さあ、どうですかね。存外あるかもしれませんよ」

「ではな」

俊介はさっさと歩きはじめた。

「なかなかおもしろい親分でしたね」

「そうだな。やくざ者にしておくには、もったいない」

「昇之助は、あの稼業を続けたいのでしょうか。跡取りということで、無理をしているようにしか見えませんでした」

「そうだな。あの若さだし、苦労は多かろう」

「やめてしまえばよいのに」

「いうのはたやすいが、なかなかそうはいかぬのだろう」

昇之助のことが気にかかったのか、辰之助がうしろを振り返った。

「若殿、次はどちらにいらっしゃいますか」

「浪人のところだ」

「酔って町人を打擲《ちょうちゃく》していた男ですね。居場所はわかりますか」

「わかると思う。浪人が町人を打擲していた橋のあたりできけば、おそらく知れる。酔ってああいうことをしていたのは、あのときが初めてではないだろう。界隈《かいわい》ではけっこう知られた男かもしれぬ」

俊介と辰之助は、浪人が拳《こぶし》を振るっていた橋に来た。さっそくその浪人について聞き込みを行った。ほんの五人ほどに当たっただけで、俊介の読み通り、浪人の住みかが知れた。

橋から北へ二町ばかり行った裏店《うらだな》だった。名もわかった。児玉重一郎《こだまじゅういちろう》といった。

俊介たちは長屋の木戸をくぐり、一番奥の店の前に立った。俊介は障子戸を叩いた。応えはない。

「出かけているようだな」

隣の店の障子戸が軽やかな音を立ててあき、若い女が出てきた。最近は人の女房になっても、眉を剃《そ》らない女が多く、亭主持ちなのかどうかわかりづらい。俊介たちを見て、にこりと会釈する。

「児玉さまなら、お出かけですよ」

「そなた、児玉重一郎がどこへ出かけたのか、知っているか」

「この近くの剣術道場です」

「なんという道場だ」

橋口《はしぐち》道場とのことだ。ほんの一町半ほどしか離れておらず、道筋をたずねるまでもなかった。

「かたじけない。さっそく行ってみる」

「あの、児玉さまの友垣《ともがき》のお方ですか」

「ちょっとした知り合いだ」

「児玉さま、ずいぶんと変わられましたよ。ご存じですか」

「どういうことだ」

「お酒をきっぱりとやめたのです」

「ほう。なにかきっかけがあったのかな」

「どうも、酔っているときに絡んだお侍に、さんざんに叩きのめされて、それでこんなことをしていてはいかん、と心を入れ替えたらしいのです」

「それで、道場に通いはじめたのか」

「いえ、雇われたのです」

「雇われたというと、師範代かなにかか」

「はい、師範代です。もともと児玉さまはお強かったのですけど、お酒が邪魔をしていたのです。お酒をやめたことで、本来の技の切れがよみがえり、ちょうど師範代を慕っていた橋口道場に雇い入れられたのです」

「ほう、そいつはよかった。祝着至極というやつだ」

俊介はほほえんだ。つられたように女も小さく笑う。

「最近の児玉さまは、とても生き生きとされています。前は闇夜の烏と暗かったのですけど、今は毎日がとても楽しそうで……」

「よい話を聞かせてくれた。ありがとう」

俊介は礼をいって長屋をあとにした。

「児玉には、会うまでもないな」

大通りに出てすぐに俊介はいった。

「はい、若殿に叩きのめされたことで、目が覚めたようですね。酔って若殿に絡んだことになっていたのが、少し笑えましたね」

「児玉のなかでは、そういうふうに物語ができているのだろう」

辰之助がうしろを見る。

「今の娘さん、児玉どのに惚れているのかもしれませんね」

「まちがいなく惚れておろう」

「一緒になるのでしょうか」

「あの娘はそれを願っているであろうな。きっとうまくいこう。あの娘はとても素直で、気性も優しい。そのことは、児玉重一郎も重々承知しているはずだ」

辰之助が両肩を揺らした。

「若殿、次はひったくりですね」

「そうだ。だが、あのひったくりが果たしてもう牢《ろう》を出されたかどうか」

俊介は首をひねった。

「ずいぶんと手慣れた様子だった。あれは、何度も同じことを繰り返している男だ。

そういう者が番所につかまり、すぐに放免となるものか。とにかく調べなければならぬが」

　俊介と辰之助はひったくりを捕らえた町へ向かった。

　ほんの四半刻《しはんとき》ばかりで着いた。

「この道だったな」

　俊介は見渡した。まわりは武家屋敷と寺院ばかりで、道行く人はほとんどいない。どこからか読経《どきょう》の声が流れてくる。その調べはあたりの静けさをさらに際立たせていた。

　ひったくりは、ここで墓参り帰りのばあさんの風呂敷包みを奪ったのだ。ばあさんの悲鳴を耳にした俊介はすぐさま駆けつけ、ひったくりを追いかけて捕らえたのである。俊介と辰之助はこの近くにうまい蕎麦《そば》切《き》りを食べさせる寺があるとの噂《うわさ》を聞きつけ、やってきていたのだ。

　俊介は、ばあさんの風呂敷包みも取り返した。風呂敷包みには巾着が入っており、全部で二朱近い金がおさめられていた。それを取り戻したことで、俊介はばあさんにとても感謝された。

　ひったくりは三十前後の男で、すさんだ顔つきをしていた。ずいぶん長いこと、この手の罪を繰り返してきたことが、表情に染みついていた。近くの自身番に連れてゆくと、また拓造《たくぞう》か、と町役人の一人があきれていったものだ。

俊介と辰之助は、その自身番を訪ねた。ひったくりを捕らえた日と同じ顔ぶれがそろっていた。今日も三人の男が詰めている。

「ああ、これは」

「先日は、ありがとうございました」

「どうぞ、お上がりください」

口々にいった。俊介はその言葉に甘え、三畳の間に上がった。いつものように、辰之助は土間に立ったままだ。

「今日はどうされました」

町役人の一人がきいてきた。ひったくりを捕らえたとき、すでに身分は明かしてある。

「この前のひったくりがどうなったか、聞きにまいった」

「ああ、拓造ですね」

「うむ、そうだ」

「死罪になりました」

あっさりと答えた。俊介は瞠目《どうもく》した。

「まことか」

「はい。拓造はこれまで繰り返しつかまっていました。真田さまに捕らえられたのが、三度目でございました。掏摸《すり》もそうですが、三度つかまれば、奪った金額の多寡にかかわらず、死罪になるのです」

「そうか、あの男、死罪になったのか」

「真田さまのせいではありません。お気に病むことはございません」

「うむ、大丈夫だ」

俊介は顔を上げた。笑みを浮かべようとしたが、頰がこわばっただけだ。拓造の自業自得とはいえ、やはり人を死に追いやったというのは、後味のよいものではない。

俊介は瞑目《めいもく》し、拓造の冥福を祈った。死んでしまえば、罪人もなにもない。あの世では、できれば極楽で安穏に暮らしてほしかった。

「拓造には家人がいたか」

俊介は目をひらいてたずねた。

「妹が一人おりました」

名はおさち。

「おさちは今どうしている」

「亡くなりました」

むう、と俊介は心中でうなり声を上げた。辰之助も眉間にしわを寄せ、厳しい表情をしている。

「どうして亡くなった。まさか兄が仕置されたから、そのあとを追ってというようなことではないだろうな」

「病でした」

それを聞いて、俊介にはどこかほっとするものがあった。人の死を喜ぶようなたちではむろんないが、少なくとも、自死よりずっとよい。

「妹は肺がずっと悪かったのです。それに加えて、拓造の死がこたえたようです。あとを追うように逝ってしまいました」

俊介はうなだれそうになった。

「ああ、いえ、本当に真田さまがお気に病むことではないのですよ」

町役人があわてていう。俊介は、わかっているというように顎を引いた。

「拓造にほかに家人はおらぬのか」

「おりません。妹だけでございます。二親《ふたおや》は早くに亡くしたそうです。縁戚というべき者もいなかったようですね」

俊介はしばし考えた。

「拓造と親しくしていた者は」

「一人おります。弥八《やはち》といいます」

名を告げる町役人の目に、あたたかなものが宿ったように見えた。

「何者かな」

町役人の三人がそろって首をひねる。

「弥八の生業《なりわい》はわかりません。遊び人といってよいと思います」

「悪さをしているわけではないのだな」

「ええ、拓造と親しくしていたといっても、そういうことには手を染めていないと思います。なにしろよく人助けをしますので」

「人助けか」

家主のあたたかな目のわけが知れた。

「ええ、どうも困っている者を見ると、放っておけない性分のようです」

「どんな人助けをするのだ」

「足の悪いばあさんを背負ったり、溝にはまった荷車を出すのを手伝ったり、気を荒立てた馬に蹴られそうになった女の子を助けたり、川に落ちた男の子を救い出したりというようなことです」

自分と似たような男なのだな、との思いを俊介は抱いた。

「いろいろとしているのだな」

「ですから、近所の者が寄せる信頼はとても厚いのですよ」

そうだろうな、と俊介は思った。

「弥八と拓造との間柄《あいだがら》はどういうものだ。ただ親しいだけか」

「どういう間柄なのか、知る者はほとんどいないようですね。十年近く前、拓造の家にあらわれたのですよ。そこでしばらく暮らしていました。弥八は拓造のことを兄貴と呼んで、慕っていました。もちろん、本当の血のつながりはないのですが」

弥八という男が、拓造に恩義を感じていたのは、まちがいなさそうである。

「十年前、弥八はどこから来た」

「それがわからないのです」

「どういうことだ。弥八は無宿人《むしゆくにん》というわけではないのだろう。人別帳《にんべつちよう》には、前の住みかを記載しなければならぬはずだ」

「ええ、その通りなのですが、拓造が請人《うけにん》となって弥八を人別帳に載せたのです。それで無宿人ではなくなります。人別帳に前の住みかは記載されていません」

「謎の男なのだな」

「まったくおっしゃる通りでございます」

「この人相書に似ているか」

ふと思いつき、俊介は懐から取り出して三人に見せた。

「ええ、よく似ていると思います」

町役人が深くうなずいて答えた。

「あの、どうして真田さまが弥八の人相書をお持ちなのでございますか」

「うむ、それはまたいずれだ。弥八の家はどこだ」

同じ町内だという。この自身番からほんの一町ほど西へ行ったところだそうだ。一軒家に住んでいるという。

「一軒家か。そこは借家か」

「さようにございます。お金を持っているようには見えないのですが、どうやらそこの稼ぎはあるようです」

俊介は辰之助を連れて、弥八の家に向かった。教えてもらった通りのところにあった。

「いい家ですね」

「まだ新しい。住み心地は相当よさそうだ」

部屋数はせいぜい三部屋程度でこぢんまりとしているが、一人で暮らす分には十分すぎるほどだろう。

背の低い垣根がぐるりをめぐり、その一角に枝折戸《しおりど》が設けられていた。俊介は枝折戸から入り、戸口に立った。訪《おとな》いを入れる。

すぐに応えがあった。戸があき、若い男が顔を見せた。俊介を見て、一瞬、ぎくりとしかけた。すぐになにげない顔をつくったものの、こいつだ、と俊介はすでに覚《さと》っていた。ついに見つけた。この男がこの前、拓造の仇《かたき》として自分を襲ってきたのだ。

「弥八だな」

思った以上に穏やかな風貌をしている。目も鋭さはほとんどなく、むしろ優しい。人助けをよくするのもわかるような気がした。

「ええ、あっしが弥八ですが、お侍、なにかご用ですかい」

「俺のことは知っているな」

「ええ、存じていますよ。拓造兄貴を捕らえたお侍だ」

「俺が何者かも知っているだろう」

ええ、と弥八がうなずいた。

「真田さまの若殿です」

俊介は軽く咳払いした。目を弥八に据える。

「この前、俺の寝所に来たな」

「いえ、行ったことなどありません」

はっきりといった。澄んだ瞳がじっと見返してくる。まっすぐな性格をしているようだ。

だが、この男が離れに忍び込み、匕首《あいくち》で襲ってきたのは疑いようがない。

「とぼけずともよい。そなたは拓造のことで、俺を憎んでいる。そのうらみを晴らすため、俺を殺しに来ただろう」

弥八があきれたような顔をする。

「いったいなにをおっしゃっているのか、さっぱりわけがわかりません」

「ふむ、認めたくないか。弥八、まだ俺を狙うつもりか」

弥八は押し黙った。

「かまわんぞ。いつでも来い。だが、よいか、今度は手加減せぬ。この前は、捕らえようと欲をかいた。そのためにそなたに逃げられた。だが、次は容赦せぬ」

俊介はきびすを返した。だが辰之助が弥八の前に立ち、じっと見ているのに気づき、足を止めた。

「辰之助、まいるぞ」

「はっ、ただいま」

辰之助が足早に近づいてきた。俊介は再び歩き出した。すぐに通りに出た。

「若殿、弥八はまた襲ってくるでしょうか」

「まずな」

「しかし、逆うらみです」

「それは弥八も承知の上だ」

俊介はきっぱりといった。

「弥八は、拓造の妹のおさちに惚れていたのかもしれぬ。おさちまで失ったことで、誰かにうらみの矛先を向けたかった。そうした場合、拓造を死に追いやった者を選ぶのが最もたやすい。俺の素性を調べるのに、手間はかからなかっただろう」

歩を運びつつ俊介は、弥八のまっすぐそうな瞳を思い出した。友垣になって語らったら、さぞ楽しいのではないか、と思えるような目をしていた。

いつかそういう日がやってくることを願いながら、俊介は無言で歩き続けた。

三

似鳥幹之丞が調べてみると、家の主は弥八という男だった。

真田俊介はどうしてあの男を訪ねたのか。

幹之丞は、真田家の国家老である大岡勘解由から聞かされた話を思い起こした。過日、俊介は上屋敷内で賊に襲われたという。まだその賊はつかまっていないらしい。

今日は日がな一日、俊介はさまざまな場所に足を運んだが、自分を襲いそうな者の心当たりをしらみ潰《つぶ》しにしていたのだ。

俊介の腕はたいしたことはない。殺す気になれば、あっさりとやれる。幹之丞がずっとつかず離れず様子をうかがっていたにもかかわらず、まったく気づかなかったのがその証《あかし》だ。ただし、あの男はとてつもなく強くなる素質を秘めている。それはまだだいぶ先のことだろうが、早く芽を摘んでおいたほうがよいのは、まちがいない。

俊介主従が上屋敷に消えてゆくのを見届けて、幹之丞は引き返しはじめた。

せっかくまっとうな役目に就くことが決まったばかりだというのに、いったい自分はなにをしているのだ、と思わないでもないが、真田の若殿を亡き者にするという仕事には強い因縁を感じ、これを捨て置くわけにはいかぬという思いがある。

四半刻ばかり足を進めて幹之丞がやってきたのは、一軒の家である。鍼灸《しんきゅう》という看板が掲げられている。

「入るぞ」

声をかけておいてから、障子戸をあけた。土間の奥が座敷になっているが、人はいない。だが人の気配はしている。右側の襖が横に滑り、頭を丸めた男が出てきた。

「ほう、珍しい」

幹之丞を見て、小さく笑った。目は鋭いが、笑うと愛嬌《あいきょう》が出て、幼子のようにかわいく見える。

「上がってよいか」

「似鳥さん、いつ遠慮を覚えたんだい」

「つい最近だ」

幹之丞は座り込み、男と座敷で向かい合った。男は駒三《こまぞう》といい、稼業は鍼灸だが、これは表向きのものにすぎない。裏では殺しをもっぱらにしている。凄腕《すごうで》と評判の男である。幹之丞自身、何度か殺しに手を染めたことがあり、その手の仕事の仲介をしてきた者に駒三を紹介された。

「元気そうだね」

「おぬしもな」

駒三が色の悪い舌で唇を湿らせた。

「それで用は」

「仕事を頼みたい」

駒三が目をすがめる。

「自分でやらないのかい」

「うむ。おぬしに頼みたい」

「的は」

「真田の若殿」

それを聞いて駒三が厳しい顔つきになる。

「それはまた大物だ」

言葉だけはおどけるようにしていった。

「やり甲斐《がい》はあるぞ」

「それなら、どうして似鳥さんがやらない」

「おぬしも知っての通り、俺は松代の出だ。故郷の領主はやりにくい」

駒三はこの説明に納得した顔ではない。

「まあ、よかろう。いくらもらえる」

「五十両だ」

間髪容《かんはつい》れずに幹之丞がいうと、駒三が喜色をみなぎらせた。

「そいつはすごい。三年は遊んで暮らせるな」

「的が的だけに、そのくらいの報酬は当然だ」

駒三が姿勢をあらためる。

「どんな殺し方でもよいのか」

「かまわぬ。おぬしの最も得意としている手立てでよい」

「そいつはありがたい。だが、真田の若殿は常に上屋敷にいるのだろう。俺は屋敷に忍ばねばならないのか」

「上屋敷に忍び込む必要はない」

幹之丞はいい切った。

「若殿は市中をうろつくのが大好きだ。夜、夜鷹蕎麦を食いに出ることもある。いくらでも狙う機会はある」

「そうか、市中をうろついているのか」

駒三が目を光らせた。

「代はいつもらえる」

「半金は今だ。残りは仕事が終わってから」

「前金で半分ももらえるのか。ずいぶんと気前がいいな。実はむずかしい仕事なんてことはないのか」

「若殿は俊介というが、なかなか腕が立つ。いつも影のように寄り添っている寺岡辰之助という供の者がいるが、こちらも相当の腕だ。俊介は勘が鋭い。巧みに気配を消さねば、容易には近づけぬ」

「ほかにきいておくことは」

「別にない。うまくやってくれ」

「依頼主は」

「それはいえぬ。おぬしも俺に仕事を頼むとき、依頼主は口にせぬだろう」

幹之丞は袂《たもと》から小判の包み金を取り出し、駒三の前に置いた。

「仕事が終わったら、つなぎをくれ。後金《あときん》を持ってくる」

「わかった。似鳥さん、どこにいる」

「親分のところだ」

いま世話になっている一家の親分が、駒三を紹介したのである。

「承知した」

駒三がほくほくと包み金を手にした。

「女を買いに行くのか」

駒三がにやりとした。

「そうだ。俺はこれが楽しみで生きているからな」

「うむ、存分に楽しんだらいい。では、わしはこれで帰る」

幹之丞は刀を手に立ち上がった。土間におり、雪駄《せった》を履く。障子戸をあけて外に出た。戸を閉め、うしろも見ずにさっさと歩き出す。

駒三が殺《や》ってくれればよいが、と幹之丞は歩きながら思った。あの男には無理だろう。やつは捨て石でしかない。

とにかく真田の若殿を殺るのは、この俺だ。

今も自分がやくざの用心棒であるのは変わらない。ずいぶん長いこと、世話になった。よくしてくれたから感謝の気持ちも強い。だが近いうちに、今の一家とはおさらばすることになる。

道の向こうから、六人の侍がぞろぞろとやってくる。道一杯に広がり、声高《こわだか》にしゃべり散らしながら歩いていた。なにがおもしろいのか、甲高《かんだか》く耳障りな笑い声をあたりにまき散らしている。

御家人か家禄《かろく》の低い旗本の部屋住どもだろう。いかにも退屈しきった顔だ。道行く者は眉をひそめつつ、仕方なく横によけている。下手にぶつかって因縁をつけられてはたまらないといった顔だ。

まったく迷惑な者どもだ、と幹之丞はつぶやいた。そういえば、俊介が大目付のせがれを殴りつけたということだった。それが大目付の怒りを買い、俊介はこの世から消える運命を背負うことになった。

大目付のせがれも取り巻きどもとなにかやらかしたから、俊介に懲らしめられたのだろうが、いずれ真田の家督を継ぐことが決まっているのに、正義の心が強すぎるのも困ったものだ。つまらぬことであるじが命を失うことになっては、家臣たちはたまらないだろう。

傍若無人の我が物顔で、六人の部屋住が幹之丞の前にやってきた。いかにも怖いものなしといった感じだ。幹之丞は横にどくふりをしつつ、長身の侍の足を思い切り踏んづけた。

「痛えっ」

長身の侍は悲鳴を上げたが、幹之丞は素知らぬ顔で通り過ぎた。

「ちょっと待て」

案の定、声をかけてきた。

「きさまだ」

幹之丞の肩に手を置いた。幹之丞は振り向き、長身の侍が肩に置いた手を見た。

「なにか用か」

「なにか用かだと。きさま、俺の足を踏んだのだ。謝りもせずに行くつもりか」

「そうか。それはすまなかった」

幹之丞はいい、侍の手を振り払ってくるりと体を返した。

「待て、それだけか」

幹之丞は首だけを振り返らせた。

「謝ったぞ」

そのときには、仲間たちも騒ぎに気づいていた。下卑た笑いを一様に頬に浮かべて、長身の侍と幹之丞とのやりとりを見ている。野次馬も、なんだ、どうしたといいつつ、集まってきていた。

「土下座しろ」

侍が吠《ほ》える。

「なにゆえ」

「決まっている。足を踏んだからだ」

「それはうぬが間抜けだからだ。もし戦場で敵に足を踏まれたら、それだけで命を失う。うぬの甘さを、わしに押しつけるな」

「きさま、いいたいのはそれだけか」

侍がぐっと襟元をつかむ。

「放せ」

「土下座するまで放さぬ」

「痛い目をみるぞ」

「なめるな。痛い目に遭うのはきさまだ」

「さて、どうかな」

幹之丞はぎらりと目に光を宿らせた。侍が息をのみ、襟元から手を放す。あわてて刀に手を置き、腰を落とした。

「やる気か」

ははは、と幹之丞は笑った。

「斬りかかってこい。心配するな。俺は素手で相手をしてやる」

「無礼討ちにしてくれる」

侍が抜刀した。まわりの野次馬から、どよめきが上がる。侍が上段に刀を振り上げ、踏み込もうとした。だが、いかんせん隙だらけだし、動きも遅い。幹之丞は足を踏み出すや、拳を腹に突き入れた。ぶよぶよの感触が伝わる。うしろにさっと下がり、侍を見つめた。

刀は振り上げられたまま中空で動かなかったが、ごほっと咳をするや、侍が腰を折って地面に両膝をついた。刀は放り投げられ、路上を音立てて転がった。

「きさま、やったな」

「やれ、やってしまえ」

「野田《のだ》の仇討《あだうち》だ」

残りの五人がいっせいに刀を抜く。

「殺してしまえ」

一番身分の高い者なのか、一人がわめく。その声が、幹之丞にはひどくうるさく感じられた。その者に近づき、顔を殴りつけた。板が割れるような音を発し、男が地面に倒れ込む。

「きさまあ」

四人が幹之丞を取り囲んだ。一人が気合を込めて斬りかかってきた。他の三人もそれに続く。

だが、勝負は数瞬でしかなかった。幹之丞がぱんぱんと手を払ったときには、六人の部屋住は全員が路上にへばりついていた。

「おい、おまえ」

しゃがみ込んだ幹之丞は、最も身分の高そうな者の髷《まげ》をつかみ、顔を持ち上げた。頬が赤く腫れ上がっている。

「これに懲りて、道を広がって歩くような真似をするな。また足を踏んづけられたらことだぞ。わかったか」

「わ、わかった」

「わかったならそれでよい」

幹之丞は髷を放した。どん、と顎から落ち、男はぎゃっと悲鳴を発した。

幹之丞は立ち上がった。

強いねえ、いいものを見せてもらったよ、もとはれっきとしたご家中だったんだろうねえ。

野次馬たちの勝手なささやき声が耳に届く。

もとはか。歩きはじめた幹之丞は内心で苦笑した。浪人ながら、これほど強い者は確かにそうはいないだろう。戦乱の時代が終わり、名のある浪人がごろごろしていた頃はそんなことはなかっただろうが、今は太平の世になって久しい。腕の立つ浪人など、滅多にいない。

腹が空《す》いた。部屋住どもを叩きのめすなどというつまらぬことをしたから、腹の減り具合が早いのかもしれない。一家に戻れば食い物はいくらでもあるだろうが、そこまで我慢できそうにない。

ふといいにおいが鼻先をかすめていった。鯵《あじ》かなにかの焼き魚である。ほんの五間ばかり先で、誘うように一膳飯屋の暖簾が揺れている。

幹之丞は足早に近づき、暖簾を払った。

四

いい汗をかいた。

気分がさっぱりしている。

俊介は面を脱いだ。汗がだらだらと流れ落ちる。それを手ぬぐいで、ごしごしとふく。この一瞬が俊介は大好きである。

辰之助も、爽快そのものといった顔をしている。充実した表情で、気持ちよさそうに汗をふいていた。

弥八のことは気になるが、おはまとおきみの役に立てたという思いが、こうして東田道場に来たときに、最高の汗を流させてくれるのだろう。

道場に来る前におきみたちの顔を見に家へ寄ってきたが、元気そうだった。時三郎という稼ぎ手を失って、これからどうして生活の糧《かて》を得てゆくかという問題はあるが、とにかく表情が明るいのがなによりだ。

当分はおはまが働いて、暮らしを成り立たせてゆくことになろう。

もちろん、俊介はできるだけのことをするつもりだが、どれだけ手を差し伸べるべきなのか、迷っている。もともと俊介自身、たいした金はもっていないから、あまり手厚い援助はできないものの、手助けをしすぎるのも二人にとってよくないのではないか。

二人が自分たちだけで暮らしてゆける力を失うのは、避けたい。支えを当てにしてはいけない。いざそれがなくなったときに、一気に困窮することになるからだ。

だからといって、おはまに無理を強いたくもない。あまり体は丈夫そうに見えない。亭主を殺された上に、牢に入れられたことで、さらに体が弱くなったように見える。

もしおはまが倒れ、はかなくなってしまったら、おきみはどうなるか。近所の者たちが助け合って育ててくれるのはまちがいないから、そう心配することはないかもしれない。江戸の町人たちは、孤児は町の皆で育て上げるという気概に満ちているからだ。

おはまとおきみには身寄りがない。近くに縁戚もいない。遠く九州におはまの兄がいるそうだが、果たして孤児になったおきみを引き取ってくれるか心許《こころもと》ないし、そこまで行くのもたいへんである。

おはまが死ぬなどと縁起でもなく、考えてはいけないことなのかもしれないが、やはり最悪の事態が起きるかもしれないことは、常に覚悟しておく必要がある。

とにかく、繁く足を運び、おきみたちの様子を見守ることが最も大事だろう。

納戸を出た俊介は辰之助をともない、師範代の皆川仁八郎のもとに行った。今日も道場主の東田圭之輔は所用で出ているそうだ。最近、人なつこい顔を見られないから、俊介は少し寂しい。

「若殿、もうお帰りですか」

竹刀《しない》を肩に乗せて、門人たちの稽古を見つめていた仁八郎がにこやかにほほえむ。

「存分に稽古したゆえ」

「それがしとやらずともよろしいですか」

「やってもよいが」

俊介は仁八郎を凝視した。

「そなた、どこか浮かぬ顔よな」

「えっ」

仁八郎が驚きの色を頬に刻む。

「なにか気がかりでもあるのではないか」

「さすが若殿。おわかりになりますか」

「わからぬはずがなかろう。仁八郎は顔に出るゆえ」

「さようですか」

仁八郎がつるりと顔をなでる。

「お話を聞いていただけますか」

「うむ、聞こう」

「皆の前で話しにくいものですから。では、こちらにどうぞ」

俊介と辰之助は再び納戸に戻った。俊介は仁八郎と向き合って座った。うしろに辰之助が控える。

「実は友垣が窮地に陥っているのです」

俊介は少し身を乗り出した。

「というと」

「友垣はまだ若く、家業を継いだばかりなのです。そのために、商売敵にだいぶ押されているのです」

「うむ、よく聞く話だな」

辰之助もうなずいている。

「それでちょっと人手がほしいのです」

「手伝いの者か」

「ええ、助《すけ》っ人《と》です」

「助っ人……」

そうなのです、と仁八郎がいった。

「悪業を仕掛けてくる商売敵を、痛い目に遭わせなければなりませぬ」

「いや、いくら商売敵のやり方がひどいにしても、それはよくない心がけだぞ」

「しかし若殿、向こうから喧嘩《けんか》を仕掛けてくるのです。買わぬわけにはいきませぬ」

「喧嘩というと、嫌がらせをされているのか」

「嫌がらせなどではありませぬ。殴り合いでもありませぬ。長どすを抜き合い、命を懸けて戦うのです」

俊介は仁八郎を見つめた。

「その友垣は、なにを生業にしているのだ」

「やくざ者です」

仁八郎がしらっという。

「やはり。助っ人というのは、つまり出入りの人数のことか」

「さようです」

仁八郎が両手をつく。

「そこで若殿と寺岡どのに、助っ人をお願いしたいのです」

「とんでもない」

声を上げたのは、辰之助である。

「若殿にやくざ者の出入りなど、させられるはずがない」

「そこを曲げてお願いします」

仁八郎が頭を下げる。

「若殿は困っている者を見過ごせるお方ではないはずでございます」

「だが、所詮《しょせん》はやくざではないか」

辰之助が声を荒らげる。

「しかし、親分はいいやつなのですよ。昇之助というのですが、名の通り、この危機さえ乗り越えられれば、昇龍のごとく大きくなってゆく人物なのです」

「やくざが一家を大きくすればするほど、素人衆には迷惑がかかるものだ」

「しばし待て。辰之助」

俊介は手を上げて制し、仁八郎に確かめる。

「親分は昇之助というのか」

「はい、さようです」

「昇之助……」

辰之助も思い出したようだ。

「昨日、俺たちが訪れた一家の親分が昇之助だったな」

「ご存じなのですか」

「仁八郎のいう昇之助と俺たちの知っている昇之助が同じ者ならな」

「若くて澄んだ瞳をしています。どちらかというと、やくざ者には似つかわしくなく、手習師匠をやらせたほうがずっとふさわしい男です」

俊介は辰之助と顔を見合わせた。

「まちがいなさそうだな」

「御意」

「その昇之助は、最近、父親を失ったのだな。そして先代の片腕だった男にも去られた」

「はい、その通りです。だいぶ人数を持っていかれました」

仁八郎が上下に顎を動かす。

「そのために出入りに人数が必要なのです」

「だが、若殿はいかんぞ」

「若殿がいらっしゃれば、百人力です。あまりに大きな声ではいえませぬが、当道場には若殿ほど肝っ玉の据わった者がおりませぬ。実戦の場でどれほどの働きができるか、皆目見当がつきませぬ。その点、若殿は市中でやくざ者を懲らしめるなど、場数を踏んでおられます」

「仁八郎、そなたは出入りに加わるのか」

「もちろんです。若殿に助勢していただいて、自分が引っ込んでいるわけにはいきませぬ」

「若殿はやらぬと申しているのに」

「やはり人数が足りぬのです。このままでは、昇之助一家は解散です。商売敵とは、人数がちがいすぎるのです」

がばっと額を床にこすりつける。

「仁八郎、顔を上げよ」

だが、仁八郎は平伏したままだ。

「やつはとてもいい男です。他のやくざ者と異なり、素人衆に悪さは一切しませぬ。縄張内の露店から、少々上がりをもらうだけです。それで、祭りが無事に済めば皆助かるのです」

どんなやくざ者もそういうことをいうものだというのは、俊介も解している。

「だが、どんなに数が多くとも、仁八郎さえいれば、勝利はまちがいないのではないか」

俊介は思ったことを口に出した。

「それが、そうでもないのです。もちろん、それがしにやくざ者を殺すつもりはありませぬ。人死にが出ると、番所がさすがにうるさいそうです。誰かが牢に入らなければならなくなります。ですから、それがしは出入りには木刀を持っていくつもりです。木刀でも頭をやれば死にますから、できるだけ足を狙うつもりでいます」

「ふむ、そのくらいでちょうどよかろう。それで」

「ただし、敵にも、ものすごく強い用心棒がいるのです。それがしは、その者を押さえねばなりませぬ」

「仁八郎が押さえなければならぬほど、その用心棒は強いのか」

「はい、相当のものです」

やくざの用心棒で強いなどといわれると、夜鷹蕎麦の屋台で、蕎麦切りを横取りした男を思い出すが、まさかあの男というようなことはないのだろうか。

「どうして仁八郎はその用心棒のことを知っている」

「一度、その用心棒がいる一家の出入りを、昇之助に連れられて見に行ったことがあるのです」

「ほう、そうなのか」

「彼を知り、己を知れば百戦殆《あや》うからず。縄張を侵そうとしている相手は峨太郎《がたろう》一家というのですが、以前より昇之助は、いずれ峨太郎一家との対決は避けられぬものと見、他の一家との出入りをひそかに見物していたのです」

「それで、強い用心棒がいるのが知れたということか。ふむ、なるほど物見というのは大事よな。敵を知れば知るほど、自分たちがどうすればよいか、見えてくるものよな。なるほど、孫子《そんし》が書き残すわけだ。恐ろしく強い用心棒はどんな男だ」

「遠目でしたから顔形ははっきりしないのですが、筋骨の盛り上がりがすさまじく、太刀筋《たちすじ》は豪快そのものでした」

聞けば聞くほど、夜鷹蕎麦で出会った用心棒ではないかという気がしてくる。

仁八郎が軽く息を入れる。

「ほかの一家との出入りの際、その恐ろしく強い用心棒も相手方を殺すようなことはなかったのですが、活躍はすさまじいの一語で、出入りは峨太郎一家の圧勝に終わりました」

そうであろうな、と俊介はいった。

「一人、槍のように突き抜ける者がいれば、戦いは一気に優位に進もう。仁八郎はその槍を押さえ込む盾にならぬといかぬわけだな。そして、その用心棒を仁八郎が押さえているあいだに、俺たちが他のやくざ者を叩きのめすという筋書きか」

「はい、それで勝利は昇之助一家のものになりましょう」

「だが仁八郎、そんなにうまくいくか」

「いきます。お任せください」

仁八郎が自信満々にいう。

俊介は辰之助を見やった。

「なりませぬ」

俊介の顔を見て辰之助が、いきなり叫ぶ。

「どうした、辰之助。俺はまだなにもいっておらぬぞ」

「いいえ、そのお顔は心を決められたお顔でございます」

「ほう、さすがだな」

「えっ、では」

目を上げた仁八郎が喜色をあらわにする。俊介はにこりと笑った。

「うむ、前から一度、やくざの出入りというものを見てみたかったのだ」

仁八郎が大きくうなずいて、そのあとを続ける。

「若殿、こたびは見るだけではありませぬ。参加することもできます」

「若殿、なりませぬ」

辰之助が必死に止める。

「お願いいたします。おやめください。大名家の跡取りがやくざ者の出入りに加わるなど、前代未聞のことにございます」

確かに、今まで誰も耳にしたことのない珍事であろう。

「辰之助」

俊介は静かに呼びかけた。

「はっ、なんでしょう」

「俺は是非とも、その強い用心棒とやらを見てみたいのだ。決して無理はせぬ。むろん、用心棒とやり合ったりはせぬ。それにな、辰之助。昇之助とは知らぬ仲ではない。袖振り合うも多生《たしょう》の縁という。そういう者を見捨てるわけにはいかぬ」

「若殿……」

俊介の決意が固いのを見て取り、辰之助が失望の思いを露わにする。

「辰之助」

俊介は辰之助を穏やかに見つめた。

「申すまでもないことだと思うが、父上に伝えてはならぬぞ」

「はっ、はい」

「心配されるだけだ」

「承知いたしました」

辰之助が不承不承うなずく。

俊介はにこやかに笑った。

「よし、仁八郎。これで決まりだ」

「ありがたき幸せ」

仁八郎が、がばっと両手をそろえた。それを見て、俊介は幸せだったが、辰之助は困り果てた顔をしていた。

五

二日後の昼。

俊介と辰之助は、厳しい目を相手方に向けていた。麻布《あざぶ》桜田町《さくらだちょう》そばの原っぱには、百人ほどのやくざ者が集まっていた。

昇之助一家は俊介と辰之助、仁八郎を入れてようやく二十人を超す程度だ。対して、峨太郎一家は八十人近い人数を抱えている。長どす、竹槍がやくざ者たちの主な得物である。

俊介と辰之助は六尺棒を手にしている。仁八郎はこの前いっていたように、木刀を腰に差している。

鉢巻をした俊介はたすきがけをし、着物の裾をからげている。本物の戦《いくさ》に出るように、戦いやすい格好をしている。袴《はかま》は着用しておらず、浪人のように着流しである。身分が露見しないよう、着物は仁八郎から借りた。だいぶ丈が短いが、さして気にならない。辰之助も同様の格好をしている。

「血が騒ぐな」

俊介がいうと、仁八郎が大きくうなずいた。

「ええ、ぞくぞくします」

辰之助は紅潮している。眼光鋭く敵をにらみつけていた。

「やる気満々だな」

俊介がいうと、辰之助がぎらりと光を帯びた瞳を向けてきた。

「当たり前です。ここまで来たら、いやとはもういえませぬ。それがしには若殿を守る使命がございます」

「うむ、頼むぞ。辰之助、俺のうしろを守ってくれ」

「承知いたしました。若殿のお背中には誰も近づけさせぬゆえ、存分に戦ってください。ただし、決して敵の頭や顔は狙わぬようにお願いします」

「わかっておる。俺も殺す気はないゆえ」

俊介は、峨太郎一家のなかにいるはずの、恐ろしいほど強い用心棒を捜した。どこにいるのか、判然としない。

昇之助一家は全員が赤いたすきをしている。これが味方と敵を区別する目印だ。

「来る気ですね」

仁八郎がつぶやいた。確かに、敵の気が満ちてきていた。戦機が到来しつつあるのだ。

「行くぞ」

敵のなかから、雄叫《おたけ》びが上がった。ちょうど真ん中あたりだ。あのあたりに親分の峨太郎がいるのだ。

寡勢《かぜい》の昇之助一家が勝つためには、と俊介は考えていた。親分を倒さなければならぬ。戦国の昔、尾張桶狭間《おわりおけはざま》において織田信長が今川義元を打ち破った合戦が示唆を与える。

それで行くしかない。大将を叩きのめすことができれば、こちらの勝ちは動かない。

もっとも、峨太郎のそばには大勢の子分がついているだろうから、たやすくいくものではないのはわかっているが、やってみる価値は十分にある。

峨太郎一家が押し寄せてきた。俊介の血が沸いた。だが、心は平静だ。敵のやくざ者たちの一人一人の顔がよく見えている。あまり必死そうな顔つきの者はいない。数が多いだけに、人頼りになっているのだ。

「行くぞ」

昇之助が右手を突き上げる。

「おう」

子分たちから喊声《かんせい》が上がった。こちらは昇之助のために働こうとする者ばかりである。気合という面では、はるかに上だ。

「若殿、まいりましょう」

「うむ、まいろう」

俊介は仁八郎とともに走り出した。うしろを辰之助がついてくる。ちらりと振り返ってみたが、辰之助は冷静な顔だ。俊介がうなずくと、深くうなずき返してきた。

「仁八郎、例の用心棒がどこにいるか、わかるか」

「ええ、わかっていますよ」

自信たっぷりの答えに、俊介は瞠目した。

「まことか」

「ええ、気の放ち方が一人、ちがいますから、まちがいようがありませぬ」

そういうものなのか、と俊介は思った。剣の達人というのは、やはりちがう。

喊声が近づいてきた。あっという間に敵との距離が縮まる。

「では、お先に」

仁八郎が横に斜めに駆け出してゆく。一人突出し、敵のなかに走り込んでいった。あっという間に何人もの敵に包み込まれ、姿が見えなくなったが、八重椿が散るように敵の輪が一気に崩れ、再び仁八郎の小柄な体が見えるようになった。

仁八郎がまっしぐらに向かう先に、恐ろしく強い用心棒がいるはずだが、俊介の目はとらえることができない。そのあいだにも敵との距離は詰まり、俊介は六尺棒を構えた。

先頭の者同士が激しくぶつかり合い、長どすや木刀を振るいはじめた。このあたりは、本物の戦を思わせるものがある。

昇之助一家のほうがやはり強い。敵が悲鳴を上げて、ばたばたと地面にくずおれてゆく。やくざ者のほうが、同業の者に対して容赦なかった。肩を斬られて血しぶきを上げ、頭も木刀でぶん殴られる。

ただ、誰もが不死身の石頭なのか、やられたほうは立ち上がり、ふらふらしながらも自らうしろに下がってゆく。

俊介の正面に敵がやってきた。目を血走らせ、真っ向から長どすを振り下ろしてきた。力が入りすぎて、隙だらけだ。なんの怖さもない。

俊介は長どすを避けもせず、六尺棒を敵の腹に突き入れた。うう、と体を丸めて男が地面に転がる。

次の敵は、顎を思い切りぶっ叩いた。横に吹っ飛んだ男は肩を地面で打ち、それきり動かなくなった。

不死身でもなんでもない。ただ単に、やくざ者の木刀での打撃が弱く、長どすの斬撃が甘いだけだった。

こちらが本気でやったら、本当に死んでしまうのがわかり、俊介は手加減しつつ六尺棒を振るい続けた。目の前にあらわれる敵だけを、足を払い、腹を突くという手立てでひたすら倒した。

ただ、倒しても倒しても切りがなかった。敵は八十人ほどではなかったのか。もっと大勢いるようにしか思えない。

俊介のうしろからも、悲鳴やうめき声が聞こえてくる。辰之助が、俊介の背後に取りつこうとする敵を倒しているのだ。さすがに遣い手だけのことはあり、実に頼りになる。忠実な働きぶりが、心強いことこの上ない。

いったいどのくらいの敵を倒したか。俊介は気持ちが高揚しているにもかかわらず、まわりのすべての景色がはっきり見えていることに気づいた。

大勢の者が血みどろ、泥まみれになって戦い続けている。本当に、本物の戦場にいるのではないか。そんな錯覚に襲われる。

先祖の血が呼び覚まされ、六尺棒を手にしているのに、俊介は本物の槍を振るっているような気分だ。勇名を馳《は》せた先祖たちも、こういうふうにすべてを見渡しつつ戦っていたのだろうか。

視野の端に、仁八郎の姿も見えた。大柄の男と激しくやり合っている。背丈の差は一尺近いが、仁八郎は持ち前の敏捷《びんしょう》さを生かし、互角の戦いを挑んでいる。

まるでそこだけ別の世界が広がり、戦国の鎧《よろい》武者《むしゃ》が一騎打ちでやり合っているかのようだ。仁八郎も用心棒も、相手を殺すという気合を前に押し出して戦っていた。琵《び》琶《わ》の弦が切れよとばかりに弾《はじ》かれたような、すさまじい気迫が大気を伝わってくる。

仁八郎だけでなく、敵の用心棒も木刀を手にしている。互いに一歩も引かない。打ち合う音が俊介の耳まで届く。

繰り広げられるすさまじい戦いに見とれ、呆然《ぼうぜん》とした顔で立ち尽くしている者が少なからずいた。すべてが峨太郎一家の者で、しかも数を増やしつつあった。

あの用心棒は、まちがいなく夜鷹蕎麦の屋台で会った男だ。あの男に、まさかこんなところで会おうとは夢にも思わなかったが、これも運命なのだろう。今回はやっと戦うことはないだろうが、いずれ真剣をまじえるのではないかという思いに変わりはない。

三人の敵が俊介めがけて一気に突っ込んできた。いずれも血走った目をしている。

俊介は六尺棒を構え直し、迎え撃った。ほんの数瞬ののち、三人は地面でのたうち回っていた。

仁八郎に負けじと、どうも気合が入りすぎたようだ。それでも、死ぬようなことはあるまい。

気づくと、前にあらわれる敵がまったくいなくなった。うしろに下がり、疲れ切った顔で戦いを眺めている者が大勢いる。今や、ほんの数カ所で戦いが行われているのみだ。それもまわりに影響されて、戦いは熱を帯びたものではなくなっている。

俊介は六尺棒を地面に突き立てた。振り向いて、辰之助を見る。

さすがに辰之助は疲れ切った顔をしている。

「怪我《けが》はないか」

「ええ、ありませぬ」

「それはよかった。俺もないゆえ、安心してくれ。なんといっても、辰之助がうしろを守ってくれたおかげだ。たいへんだっただろう」

「いえ、それほどでもありませぬ。強い者など一人もいませんでしたから」

「そうか。辰之助、楽しくなかったか」

辰之助がにこりとする。

「なんとも痛快。こんなに血が沸くとは思いもしませんでした」

「俺もだ。まわりの景色がすべて見えたときは、感動した」

「まわりの景色ですか」

「そなたは見えなかったか」

「はい。迫ってくる者どもを、蹴散らすことだけしか考えていませんでしたから。若殿ははっきりとご覧になったのですね」

「うむ」

「やはり将器ということなのでしょう。それも、戦国の頃のご先祖に匹敵する器でいらっしゃるのではないでしょうか」

俊介はにこやかに笑った。

「辰之助、それはいくらなんでもほめすぎだ。やくざ同士の出入りに過ぎぬ」

いつの間にか、仁八郎の戦いも終わっていた。すぐそばに来ている。

「仁八郎、無事か。なんともないか」

俊介は、もうほとんど戦いが終わりつつあるのを見て取り、たずねた。数少ない昇之助一家の者も親分のまわりに集まりつつあった。

「ええ、なんとか」

余裕の顔で仁八郎が答える。

「敵の用心棒はどうした」

「敵陣に戻っていきましたよ」

「仁八郎が勝ったのか」

「いえ、向こうも無傷です。引き分けですね」

「あれだけやり合って、互いに傷を負わなかったのか」

「木刀ですから。真剣なら、着物はずたずたかもしれません。相当かすりましたゆえ」

「強かったか」

「これまで会ったなかで最も強かった」

俊介は快活に笑った。笑い声が、幾分かすんでいる空に吸い込まれてゆく。

「同じことを向こうも思っているだろう」

仁八郎も笑ったが、すぐに真剣な顔つきになった。

「あの用心棒、若殿に気づいていましたよ」

「なんのことだ」

「それがしと戦っている最中のことです。少し余裕ができたのでしょう、一瞬ちらっと目を若殿のほうに流したのです。この野郎、なめおって、とそれがしはさらに攻め立てたのですが、倒すことはできませんでした。あれはまちがいなく若殿を見ていました」

そうか、と俊介はいった。

「あの用心棒、俺に気づいていたのか」

あの男にも、この俺といつか必ずやり合うとの自覚があるのだろうか。

昇之助が数人の子分をしたがえて、やってきた。満面の笑みで、うれしさを隠しきれずにいる。足取りが弾んでいた。汗は一杯にかいているが、どこにも怪我はしていない。子分たちは頭や腕などに晒《さら》しを巻いているが、いずれも傷は軽いようだ。

「ありがとうございました」

昇之助がこれ以上ないほど深く頭を下げる。俊介が若殿でなければ、手を取って感謝の思いを伝えていたのはまちがいない。

「若殿や寺岡さま、皆川さまのおかげで引き分けることができました。皆様方がいらっしゃらなかったら、手前どもはさんざんに叩きのめされていたことでしょう。今日は勝ちに等しい引き分けです」

「よかったな、親分」

俊介は破顔した。やくざの出入りといえども、人の役に立つのは、やはりうれしい。

「皆さま方のご尽力で、縄張は守られました。これで、峨太郎もしばらくおとなしくしているでしょう。手前も枕を高くして眠れます」

若々しい顔に、ほっとした色を浮かべている。

親分、と俊介は呼びかけた。

「よいか、決して阿漕《あこぎ》な真似をするでないぞ。もし素人衆をいじめたら、今度は叩き潰す側に回る。承知か」

「承知いたしました」

昇之助が深々とこうべを垂れる。

「皆さま方のお仕置を受けることのないよう、手前は素人衆を大事にしてゆくことを、ここで誓わせていただきます。是非、見守ってくださるようお願いいたします」

「うむ、それでよい」

俊介はにこりと笑ってうなずいた。

六

瞠目するしかなかった。

出入りの前は、人数が四倍もちがうこともあって、前回と同様、楽勝だろうと思っていた。この似鳥幹之丞が、また敵のやくざどもを十人ばかり血祭りに上げれば、相手はびびってすぐに屈服するものと思っていた。

ところが、今回は勝手がちがった。いきなり子供のような小兵《こひょう》が目の前にあらわれたと思ったら、戦いを挑んできたのだ。

小癪《こしゃく》な、と幹之丞は木刀を振るって頭をかち割ってやろうとしたが、それを小兵はあっさりとよけてみせた。そして一気に突っ込んできたのである。

味な真似を、とそのときまでは幹之丞にも余裕があった。だが、小兵の間合の詰め方と木刀の振りの速さには、正直驚かされた。体勢をととのえて迎え撃とうとしたときには、懐に入り込もうとしていたのだ。

その最初の斬撃はなんとか弾き返したものの、小兵は恐ろしいまでの敏捷さを生かす戦い方をしてきた。その動きは目ではなかなかとらえられず、幹之丞は辟易《へきえき》させられた。

長かったようにも、短かったようにも感じた戦いだったが、いつしか小兵は目の前から消えていた。

世の中には、あんなに強い者がいるのだ。自分がこの世で一番強いとは思っていなかったものの、やはり世間というものはなめてはならぬ、とあらためて幹之丞は心に刻みつけることになった。

それにしても、あの小兵はいったい何者なのか。昇之助一家にあれだけの用心棒がいないのは、調べがついていた。あれほどの遣い手を見つけ出すのは至難の業だろう。

昇之助の知り合いだろうか。あるいは、知り合いの道場に頼み、とびきりの腕の持ち主に来てもらったのか。

それだけでなく、あの小兵は幹之丞の戦いぶりを明らかに知っていた。こちらのことを調べた上で、戦いを挑んできていた。あの小兵が負った役割は、このわしをとにかく押さえ込むことだった。自由にさせないこと。その働きを忠実にするだけで、少なくとも昇之助一家が負けないことを知っていた。

幹之丞の驚きは、それだけではなかった。出入りに、真田俊介が参加していたのだ。戦いのはじまる前、昇之助一家のほうを見やった幹之丞は、似ている者がいるとは感じていたが、まさか大名の跡取りが出入りに助勢してくるはずがないという観念にとらわれ、本物の俊介であると見抜けなかった。

本物であると覚ったのは、小兵とやり合っているときだ。自分と小兵との戦いを、六尺棒を振るいつつ一人だけ冷徹さすら感じさせる目で見ている者がいるのを知り、小兵の動きにもずいぶん慣れたこともあって、幹之丞はそちらに一瞬、視線を流したのである。

おっ、あれはやはり真田俊介ではないか。確かめようと、もう一度目を向けようと思ったくらいである。小兵がさらなる攻勢をかけてきたために、それはかなわなかったが、こちらを冷静に見ていたのは、まちがいなく真田家の跡取りだった。

常にそばにぴたりとついている寺岡辰之助という男が、俊介のうしろで奮戦していた。献身という言葉が、ぴったりくる戦いぶりだった。

幹之丞自身、仮に小兵との戦いがなく、俊介を殺せる位置にあったとしても、辰之助がいる限り、無理なのではないかという気がした。

俊介を殺すのには、辰之助をなんとかしなければならない。

それがわかっただけでも、出入りに出張った甲斐があった。実際のところ、いつまでもやくざ者とつき合いをしていていい身分ではないのだ。出入りに参加したなどというのがもし先方に知れたら、破談ということも十分にあり得る。

今回、出入りに出たのは峨太郎への義理だ。それ以外に理由はない。俊介殺しに関しては、大目付の池部大膳とのつき合いもあって、やり遂げなければならないことである。

幹之丞は目の前の障子を見つめた。人影が映っている。

「失礼する」

入ってきたのは、真田家の国家老である大岡勘解由である。

「今どんな具合だ」

幹之丞の前に正座してきいてきた。

「俊介殺しのことか」

勘解由が顔をしかめる。

「もう少し小さな声で頼む」

「聞いている者などおらぬ。出入りが終わったばかりで、誰もが疲れ切っておる。怪我をしている者もしておらぬ者も、すべて眠っている」

「おぬしも出入りに加わったのか」

「ああ。そうだ。おもしろいことを教えてやろう。俊介がいたぞ」

「なんだと」

勘解由が腰を浮かせた。

「なぜ若殿がそんな真似を」

「知らぬが、どうやら助太刀のようだった」

「大名の嫡男がやくざの助太刀……」

「殺すには絶好の機会だったが、残念ながら、その場面はめぐってこなかった」

「それで、どうなのだ」

勘解由がいらだたしげに問う。幹之丞はにやりとした。

「焦《じ》れているのか。そんなに孫を家督の座につけたいのか」

「ああ、つけたい」

「焦ることはなかろう。今の殿さまの幸貫にはおのこは二人だろう。俊介が死ねば、力之介しかいないではないか」

「だが、わしも年だ。一刻も早く力之介を跡継として、決めてもらいたいのだ」

「時がないというのか。安心しろ。色つやもよい。おぬしは長生きする」

「そんなことはわからぬ」

「確かにな。人の寿命など当てにならぬ。わかった、できるだけ早く始末しよう。任せておけ」

「本当に頼むぞ」

幹之丞は勘解由を見つめた。

「それで、おぬしわざわざやくざの家までなにしに来た」

「おぬしにいとまを告げに来たのだ」

「ほう、国に帰るのか」

「明日の夜明け前に発《た》つ」

「気をつけて帰れ。吉報は国元に届けてやる」

「頼む」

そうだ、と幹之丞は一つ思いついていった。

「国元から、選《え》り抜きの遣い手をよこせ。そうさな、八人もいればよい」

「若殿殺しに使うのか」

「まあ、そうだ」

「家臣を使うのか」

勘解由は浮かぬ顔だ。

「どうせ互いに顔は知らぬ。家臣など騙《だま》せばよいではないか。どうとでもなろう」

「しかし」

「孫を家督の座につけたくないのか」

勘解由が黙り込んだ。

「承知した」

「それでよい」

ふふ、と幹之丞は笑った。

「待っておるぞ」

「できるだけ早く送ろう」

勘解由は、不安を嚙《か》み殺そうと無理に不機嫌な顔をつくっている。

第四章　御乗物

一

手庇《てびさし》をかざした。

「あれはおきみではないか」

俊介は振り返って辰之助にいった。

「ええ、おきみちゃんです。一緒にいるのはおゆかちゃんですね」

二人とも、風呂敷包みを抱えるようにして持っている。こちらに近づいてきた。

「おじさん、辰之助さん、こんにちは」

おきみとおゆかが明るく挨拶する。

「おう、おきみ、おゆか。二人とも元気そうだな」

俊介は笑いかけた。

「大事そうに風呂敷を抱いているが、それはなんだ。なにが入っている」

「御本よ」

「書物か。なんの書物だ」

「手習の」

これはおゆかが答えた。

「二人は手習所に通っていたのか」

「ううん、通いはじめたの」

「ああ、そうか。そういう年なんだな。手習所の帰りだな」

刻限は八つになろうかという頃だ。穏やかな日が降り注いで、とてもしのぎやすい日和である。ただ、時間の経過とともに空から雲が取れ、陽射《ひざ》しはむしろ強くなってきており、蒸し暑くなりつつあった。俊介は先ほどから汗が流れてしようがない。二人の女の子も汗ばんでいる。

「おきみ、おゆか、手習は楽しいか」

「うん、楽しいわ」

「いつもうきうきしながら通っているの」

「それはよかった」

俊介はあたりを見回した。近くに茶店の幟《のぼり》が見えている。

「団子でも食べるか」

「えっ、おじさん、ご馳走してくれるの」

「ああ、もちろんだ」

俊介たちは連れ立って茶店に入った。縁台に並んで腰かけ、団子を食べて茶を飲んだ。

「おいしいね」

「うん、すごくおいしい」

おきみとおゆかは笑い合っている。

俊介は、口を使って串から団子を引き抜いた。甘みが強くて、うまいたれだ。なかがしっとりとしている団子を咀嚼《そしゃく》しながら、目の前の立派な寺を眺めた。相当広そうな境内は空を覆うように木々が鬱蒼《うっそう》と茂っている。大きな建物が点在している様子で、樹間にいくつかの屋根が見えている。

俊介は茶を喫しつつ、頑丈そうな山門のなかを見つめた。敷石が整然と並んで奥につながっている。本堂はかなり奥のほうにあるようで、視野には入ってこない。風が吹き、寂しげに梢《こずえ》を鳴らす。

ふと、敷石の向こうに武家の一行があらわれた。駕籠《かご》を中心に、二十人ほどの人数がついている。

敷石を踏んで、駕籠が山門に近づいてきた。一行はしずしずと山門を出る。

行列の中央は、黒漆塗りに金蒔絵《きんまきえ》の女乗物の駕籠である。俊介は知らず腰を浮かせていた。三つ巴《どもえ》の家紋が目に入った。まちがいない。有馬家の姫の乗物である。

「おじさん、どうかしたの」

おきみが不思議そうにいう。

「駕籠が珍しいの」

「いや、なんでもない」

「あれは有馬さまの御乗物ね」

おゆかがすっと口にした。

「おゆか、わかるのか」

「ええ、わかるわ」

おゆかが胸を張る。

「おゆかちゃんは、すごいの。家紋をたくさん覚えていて、お大名ならほとんど全部いえるのよ」

「そいつはすごい」

辰之助も感心した様子だが、やはり目の前に近づきつつある乗物のほうが気になるようで、そちらに目がいっている。

「おじさんだってすごいわ。真田さまの若殿さまだっていうのに、こんなところでお団子、食べているんだから」

「しっ」

俊介はあわてて、唇に人さし指を当てた。

「おきみ、声が大きい」

「ごめんなさい」

おきみがぺろりと舌を出す。

「そのことは、こういうところではいっちゃいけなかったわね」

ちょうど茶店の前を通り過ぎようとしていた乗物から、止まりなさい、という凛《りん》とした女の声が発せられた。乗物がその場に静かに置かれる。侍の一人が乗物に近づいた。片膝を突き、引き戸越しに、いかがされましたか、ときいている。不意に引き戸があいた。

暑くなったせいで、風を入れようというのか。姫の顔をまた見られるかもしれぬ、との期待で、俊介の胸は高鳴った。

「ご気分でもお悪いのですか」

「いえ、そういうわけではありませぬ」

姫が顔を上げ、こちらをまっすぐ見た。俊介と目が合う。あっ、という顔になった。この前、今林家で会ったことを覚えているのだろうか。

にこりと会釈してきた。心の臓がどきんとはね躍ったが、俊介は今度は冷静に返した。姫がうれしそうにほほえむ。引き戸がそっと閉められた。

家臣がいぶかしげに俊介のほうを見やる。いったいどういうことなのか、釈然としない様子だ。

「行きなさい」

姫の声がし、乗物は再び動き出した。ゆっくりと俊介から遠ざかってゆく。俊介は見えなくなるまで見送った。

姫が乗物を止めたのは、と俊介は思った。真田の若殿というおきみの声が聞こえたからだろう。今林家には、黒蝶の夢は無事に返された。その裏に俊介という真田家の若殿の活躍があったことを、姫は今林家の者に聞いたのかもしれない。

「ねえ、おじさん、お姫さまはおじさんに会釈されたわよ」

おきみが頰を赤くしていった。おゆかも紅潮している。

「うん、そうだな」

「おじさん、有馬さまのお姫さまと知り合いだったの」

「いや、名も知らぬ」

「有馬さまのお姫さまはね、何人かいらっしゃるけど、あの年頃なら」

人さし指を顎《あご》に押しつけて、おゆかが考え込む。

「福美《ふくみ》さまだったかしら」

「福美どのというのか」

俊介は勢い込んでおゆかにきいた。

「ええ。もしかしてちがうかもしれないけど、私は福美さまだと思うわ。福姫さまとか、お福さまとか呼ばれているって噂《うわさ》を、聞いたことある」

よい名だな、と俊介は感じた。ふさわしい名だ。

辰之助がにこにこしている。

「どうした、辰之助。なにをうれしそうに笑っている」

「いえ、若殿がまた有馬さまの姫君にお目にかかれたのが、うれしいのです」

「辰之助も喜んでくれるのか。俺は二度と有馬家の姫のことを口にするなと申したのに」

「ご本心でないのは、はっきりしていましたから」

「そうか。見え見えだったか」

おきみが俊介を見つめている。その目に悲しげな色がある。

「どうした、おきみ」

「おじさんは、有馬さまのお姫さまをお嫁さんにするの」

おきみがきいてきた。相手が見つからなかったら、おきみをお嫁さんにするという約束をかわしたのを、俊介は思い出した。

「いや、そういうことはまずなかろう」

「ほんとうなの」

「ああ、本当だ」

「若殿」

辰之助が珍しく鋭い口調で呼ぶ。

「どうした」

「いえ、軽はずみにおっしゃるのは、いかがかと存じます」

「なんのことだ」

「そういうことはまずなかろう、というお言葉です」

「それがどうして軽はずみなのだ」

「いえ、ですから……」

辰之助が困ったような顔になった。

「辰之助、そなた、なにか知っているのか」

「なにかとおっしゃいますと」

「とぼけるのか」

「いえ、とぼけてなどおりませぬ」

「しらを切る気か」

「そういうつもりはございませぬ」

俊介は追及をあきらめた。こういうとき、辰之助は頑固で、決して吐こうとしないのだ。

俊介は辰之助に茶店の勘定を払ってもらい、おきみたちと別れた。

「おじさん、また会おうね」

「ああ、またな」

辰之助もにこにこと手を振っている。

「ああ、そうだ。おきみ」

俊介は呼び止めた。

「なーに」

「おっかさんは元気か」

「ええ、元気よ」

「そうか。ならばよい」

「おじさん、おっかさんの心配をしてくれるんだね。うれしい」

「うむ、やはりな。おはまどのは俺から見ると、あまり丈夫そうに見えぬ。顔色はどうだ」

「ええ、いいと思うわ」

「風邪は引いておらぬか」

「大丈夫よ。ぴんぴんしているの。今は近くの一膳飯屋に働きに出ているわ。ご主人がとてもいい人で、残り物のおかずをもらえるんだけど、それがとってもおいしいの。おっかさん、おかげで精がついたわ」

「そうか。それならばよい」

俊介は笑顔になった。

「じゃあね」

駆け去ってゆくおきみたちを見送った。

二

夢を見た。

どんな夢だったのか、俊介は覚えがない。

ただ、眠りが浅くなり、なんとなく目をあけた。むずがゆいような、いやな感じが背筋にある。どうしてか、隣の部屋が気にかかった。辰之助はぐっすり眠っているだろうか。

起き上がろうかと思ったが、眠気のほうがまさり、俊介は目を閉じた。静かなものだ。なんの物音も聞こえない。

そのままぐっすりと寝入った。

どうしてこのとき起きなかったのか、のちのちまで俊介は自らを責めることになる。

嘘《うそ》だろう。

俊介の口からは、その言葉しか出てこない。

目の前に物言わぬ辰之助が横たわっているというのに、死んだとはどうしても信じられない。うつつのこととして、受け容《い》れられない。夢としか思えない。

そうだ、夢の続きではないか。悪い夢なら、早く覚めてほしい。

だが、目の前の死骸は消えない。頭をかきむしりたくなる。変になりそうだ。

俊介は顔を上げ、周りを見た。ここにはいま俊介と辰之助しかいない。ほかの者には遠慮してもらっている。

俊介は畳に両膝をつき、かがみ込んだ。顔を近づけ、辰之助の顔をじっと見る。穏やかな顔をしている。耳に目がいった。右の耳たぶにほくろがある。辰之助はこんなところにほくろがあったのか。俊介は初めて気づいた。幼い頃からずっと一緒だったのに、今頃になって知るなど、辰之助に対し、とんでもない不義理をしたものだ。

辰之助は目をつむり、なにもいわない。眠っているようにしか見えない。

辰之助は眠っているだけだ。起こしてやらなければ。

「起きろ、辰之助」

俊介は声をかけた。だが、なんの応《いら》えもない。

「辰之助、起きるんだ」

俊介は揺さぶった。だが辰之助は首をぐらぐらさせるだけだ。体は硬く、冷たかった。

「起きろ、起きるんだ」

俊介は揺さぶり続けた。

辰之助は死んでなどいない。俺を残して死ぬはずがない。

「俊介」

肩にそっと手が置かれた。

「静かに眠らせてやれ」

その穏やかな声に引かれるように、俊介は見上げた。幸貫が涙をため、俊介を見つめている。

父上がお泣きになっている。

そのことが辰之助の死を俊介に実感させた。

ああ、本当に辰之助は死んでしまったのだ。

「父上」

叫び、幼子のように俊介は幸貫にすがりついた。

「辰之助が死んでしまいました」

「うん、うん。かわいそうにな」

かがみこんだ幸貫は、黙って俊介の背中をさすり続けた。

どのくらいそうしていたか、幸貫の体のぬくもりに、少しは気持ちが落ち着いてきた。

ずにいる。

俊介は、辰之助に力のない目を向けた。辰之助は先ほどと同じように、じっと動か
俊介は、辰之助の死をようやく受け容れられるようになってきた。それと同時に、
ふつふつと怒りがわいてくる。いったい誰が辰之助を殺したのか。

辰之助は、隣の間で胸を刃物で一突きにされていた。心の臓をまっすぐ貫かれ、傷口からはおびただしい血が流れだし、布団と畳の色を変えていた。明らかに手練《てだれ》の業《わざ》前《まえ》にちがいなかった。

一度この寝所《しんじょ》に忍び込んできた、あの弥八という男の仕業か。まさか、俺とまちがえて辰之助を殺したわけではあるまい。

すぐにでも屋敷を出て、あの男のもとに乗り込みたくてならない。

「殿」

伝兵衛が足早にやってきた。目を赤く腫《は》らしているが、どこかただならぬ様子だ。

俊介は涙顔を上げ、伝兵衛を見つめた。

「どうした」

幸貫が伝兵衛にただす。

「賊がつかまりました」

「なに」

幸貫が血相を変えた。俊介は立ち上がった。

「伝兵衛、案内しろ」

幸貫が命ずる。

「承知つかまつりました」

伝兵衛がくるりときびすを返す。

「どこで捕らえた」

庭を歩きつつ幸貫が伝兵衛にただす。

「門のそばに座り込んでおりもうした」

「何人だ」

「一人でござる」

「男だな」

「もちろんでござる」

伝兵衛に案内されたのは、庭の隅にある稲荷社《いなりしゃ》のそばである。

「きさま」

俊介は縛《いまし》めをされている男を一目見るや、飛びかかろうとした。

「待て」

うしろから抱き留められた。

「放せっ」

俊介はわめき、体をよじった。俊介を羽交い締めにする腕に力がこもる。俊介は身動きがかなわなくなった。

「俊介、落ち着け。落ち着くんだ」

その優しい声で、羽交い締めにしているのが幸貫であることに俊介は気づいた。

少しはおのれを取り戻したかと見た幸貫が、耳元にささやきかけてくる。父のにおいがふわりと香った。

「よいか、そなたは余の大事な跡取りだ。賊がにくくてたまらぬだろうが、どんなときでも冷静でいるのが肝要ぞ。感情に走っては、家臣たちの信を得られぬ」

そんなことはどうでもよい。眼前の男をくびり殺せるのなら、跡取りの座などくれてやる。

「殺すのはたやすい。だが俊介、ここは耐えてみせよ」

羽交い締めが解かれ、すっと体が楽になった。においが離れてゆく。

俊介はあらためて目の前の男に飛びかかろうとしたが、一歩進んだところで水をかけられでもしたように高ぶりが冷めた。父上の信頼に応えなければならない。そんな思いが心を占める。

俊介は、縛めをされ両肩を二人の家臣にぐっと押さえつけられて座っている男をにらみつけた。落ち着いてきたとはいうものの、手がぶるぶると震える。まわりには大勢の家臣がいて、憎しみの目を男にぶつけていた。

「弥八」

俊介は抑えた声で呼びかけた。

「どうして辰之助を手にかけた」

「俺ではない」

弥八が燃えるような目で見返してくる。俊介は弥八を見下ろした。

「きさまが殺《や》ったのではないというか。ならば、どうしてきさまはこの場に引き据えられているのだ」

「逃げなかったからだ」

「逃げようと思えば逃げられたのに、わざとつかまったように聞こえるぞ」

「そういったつもりだ」

「どうしてそんな真似《まね》をする」

「教えてやろうと思った」

「誰になにを」

「おまえさんに、辰之助という男を殺した者をだ」

俊介の目が鋭くなる。

「見たのか」

「その通りだ」

弥八がきっぱりと答える。

「誰が手にかけた」

「侍だ。あれは浪人だな」

「浪人が辰之助を殺ったというのか。人相は」

「がっちりとした体格で、ぎょろりとした目を持つ男だ。人をひどく威圧するものがあった。あれは相当の遣い手だな」

夜鷹蕎麦《よたかそば》の屋台で会った、峨太郎一家の用心棒だろうか。だが、あの男がどうして辰之助を害さなければならないのか。出入りのうらみとは考えにくい。あの浪人は辰之助とやり合っていないのだ。それに、辰之助とは一面識もないはずである。

どういうことなのか、考えても答えは出そうになかった。

「それで、どうしてきさまはここにいる。また俺を狙いに忍び込んだのか」

弥八が昂然《こうぜん》と顎を上げる。

「ほかになにがあるという」

もはや否定する気はないのだ。

「遣い手の浪人とかち合ったというわけか」

「俺は天井裏に忍んで、おまえさんを殺す機会をうかがっていた。そうしたら、隣の間でなにか気配がした。気になった俺はそちらに移り、天井板をわずかにずらした。男が、ちょうど布団の盛り上がりに刃物を突き立てたところだった」

俊介は目を閉じそうになった。もしやそれは、夢を見て眠りが浅くなったときではないか。あのときどうして起きなかったのか。そうすれば、辰之助は今も生きていたかもしれない。

俊介はうなだれそうになったが、家臣たちがそばにいる。そんな真似はできない。

弥八が目をぎらぎらさせて続ける。

「殺された男は、悲鳴一つ漏らさなかった。目をあき、わずかに体をはね上げただけだ。それから、あの浪人は首を傾けて、俺を見上げた。そして、にやりと笑ったんだ。俺はさすがに肝が冷えた。まさか気づかれているとは思わなかった。そんな俺を尻目に、あの浪人は悠然と去っていった」

「その浪人だが、去る際に俺のほうを気にしていなかったか」

「いや、そんなそぶりはまったくなかった」

弥八が即答した。

「あの男は、はなからあの侍を的に忍び込んできた。俺は、目をあいたままなのが哀れで、下に降り、侍の目を閉じてやった。そのときにはおまえさんを殺す気は失《う》せていた。浪人の毒気に当てられたんだろう。これで引き上げようと思ったが、あの浪人が笑いかけたのがなぜなのか、気になってどうにも外に出る気になれなかった」

「浪人の笑いの意図はなんだと思う」

「侍を殺したのはこの自分だということを、おまえさんに伝えろということではないか、と俺は覚《さと》った」

「なんだと」

「ほかに考えようがない。俺の家にも一緒に来たし、殺されたのはおまえさんの寵臣《ちょうしん》なんだろう。俺は伝達の役を負わされたんだ。知らん顔をすることもできたが、なぜかそうする気にならなかった」

俊介は腹に力を込めて、弥八を見つめた。弥八が見返してくる。

この男、嘘はついておらぬ。

俊介は確信した。

辰之助を手にかけておらぬ。

「殿、この者、いかがなさいますか」

伝兵衛が幸貫にうかがいを立てる。この場で斬首すべきであるといいたげだ。

「この者の仕置は俊介に任せてある。伝兵衛、俊介にきけ」

はっ、と伝兵衛が答え、同じ問いを俊介にした。

「解き放て」

　俊介は静かに命じた。

「ええっ」

　伝兵衛がのけぞる。まわりの家臣たちからどよめきが起きた。

　弥八は死を覚悟していたのだろうが、どこかこの成り行きを予見していたような顔つきでもある。

　幸貫はなにも表情にあらわしていないが、目元がかすかにゆるんでいるように見えた。下した判断に、幸貫が賛同しているように感じられ、俊介は心強かった。

「なにゆえでござる」

　不満をあらわに伝兵衛がきく。

「この男は辰之助を殺しておらぬ」

「若殿は、この男の言葉をお信じになるのでござるか」

「うむ、信じる」

　俊介は弥八の目を見つめていった。

「伝兵衛、縛めを解いてやれ」

　伝兵衛はしばらく唇を嚙《か》み締めていたが、ふう、と息をつき、承知いたしました、といった。弥八のうしろに回り、脇差を抜いた。ぶつりと音がし、弥八の体に巻かれていた縄がぼとりと落ちた。座り込んだまま、弥八が両腕をぐるぐる回す。

そういえば、と俊介は思った。この男は肩を外すことができる。縄抜けなど、朝飯前なのではないか。それにもかかわらず、そうしなかった。これが無実の証《あかし》と思うほどお人好《よ》しではないが、今の弥八の心のありさまが見えるような気がした。

「行け」

俊介は弥八に命じた。

「よいのか」

「きさまを殺すいわれがない」

「ならば、その言葉に甘えることにしよう」

弥八がすっくと立ち上がる。家臣がつくる壁に向かって歩きはじめた。

「ちょっと待て」

呼び止められた弥八が振り向き、俊介を見やる。

「気が変わったのか」

「ちと力を貸してもらいたいだけだ」

俊介は穏やかな口調で告げた。

「浪人の人相書だ」

弥八の言をもとに、俊介はできるだけ先入主を排しつつ半刻《はんとき》ほどで描き上げた。

あけ放たれた障子のあいだから、斜めに陽射しが入り込んできているが、座敷には行灯《あんどん》が灯《とも》され、より明るくされている。

目の前に掲げた人相書を見つめ、俊介は確信した。辰之助を殺したのは、峨太郎一家の用心棒でまちがいない。

「できたのか。見せてくれ」

俊介は弥八に人相書を渡した。弥八が目を落とす。

「よく描けている。こいつだ。この浪人だ」

俊介は返された人相書を、あらためて見つめた。

必ず殺す。

心に固く誓った。

辰之助の無念を晴らさねばならぬ。


その日のうちに辰之助の葬儀が営まれた。

「若殿」

知らせを受けて、仁八郎が上屋敷に飛んできた。

「いったいなんと申してよいのか……」

仁八郎が涙ぐみ、嗚咽《おえつ》を漏らす。

「辰之助さんがもうこの世にいないなんて、信じられぬ……」

道場主の東田圭之輔も一緒だった。

「このたびはご愁傷さまにござる」

沈痛な表情だ。ひそやかな声でたずねる。

「若殿、寺岡どのが殺されたというのは、まことなのか。わしには本当のこととは思えぬ」

「まことのことです」

そうか、と圭之輔が肩を力なく落とす。

「寺岡どのに最後に会ったのはいつだったか。ちゃんとした話もできず、お別れになってしもうた」

くく、と泣くのをこらえる風情だったが、耐えきれず涙をこぼした。

「よい男であったなあ。あんなに気持ちのよい男に二度と会えぬなど……」

その通りだ。辰之助はよい男だった。俊介は悲しみが新たになり、再び大粒の涙が目の堰《せき》を破った。

「寺岡どのの親御は」

少しは俊介が落ち着いたのを見て、圭之輔が問う。

「国元に早馬を向かわせました。しかし、知らせが着くのは早くても明後日になりましょう」

国元の辰之助の両親は、今も息子の死を知らずにいる。辰之助は今日も俊介にしっかり仕えていると思っている。息子の死の知らせが届いたら、二人はどんな思いをするだろうか。うつつのこととして、受け容れられるだろうか。母親は泣き崩れるかもしれない。父親は瞑目《めいもく》し、心を落ち着けるだろうか。

辰之助の父は、以前は江戸詰の留守居役だった。それが家督を辰之助に譲って江戸を離れ、国元で隠居暮らしをはじめたのだ。江戸での生活に飽いた父親は、隠居暮らしは先祖の地である松代でのんびり営もうと、前々から決めていたのである。それなのに、こんなことになってしまった。

父親は、江戸に出てくるかもしれない。いや、まちがいなくそうするだろう。

そのときなんといえばよいのか。父親に、辰之助の死がどんなものだったか包み隠さず語ること以外、取るべき手立てはない。

辰之助の遺骸は茶毘《だび》に付された。

遺骨は骨壺《こつつぼ》におさめられたが、俊介は骨の一片を手にし、それをお守り袋に入れた。懐にしまい入れ、軽く着物の上から押さえた。

かすかに辰之助の温かみが伝わってきた。

三

俊介は足を止めた。

懐に手を当て、行くぞ、と声をかけた。辰之助と一緒なら、自然と腹が据わる。

風に揺れる暖簾《のれん》を払い、障子戸を勢いよくあけ放った。俊介は土間にずいと立った。

目の前の畳敷きの広間に、大勢の者がたむろしていた。体や頭、顔に晒《さら》しを巻いている者がとにかく多い。布団の上に横たわっている者も少なくなかった。

おおっ。男たちからどよめきが起きた。布団の者は首を上げて、こちらを見た。

家のなかは空気が濁っている。どす黒い渦が巻いているようで、あまり長居したいとは思えない家だ。いかにもよこしまな考えに満ちている一家らしい。

どすどすと足音荒く、三人の男が近づいてきた。長どすを手に、悪人そのものという顔で俊介をにらみつける。引んむいた目玉が充血している。いつでも長どすを引き抜ける姿勢を取っていた。この三人は出入りではなにもなかったようで、無傷である。

「なんの用でえ」

一人が目をつり上げて怒鳴る。

「用心棒に会いたい」

俊介は静かに告げた。腰には両刀を帯びているが、この者たちに使うつもりはむろんない。実際のところ、ずかずかと上がり込み、邪魔する子分どもを殴りつけてでも用心棒を捜してもよいのだが、峨太郎一家にうらみがあるわけではない。用心棒について話を聞かなければならないし、今は手荒な真似をする気はなかった。

「ここにはいねえ」

「どこに行った」

「さあねえ」

俊介は音もなく刀を抜き、男の首筋に当てた。男がひっと声を上げ、体を硬くする。このくらいまでなら、かまわないだろう。

「言え」

「し、知らねえ」

「おまえたちもか」

他の二人に目を当ててきく。

「ああ、知らねえ」

二人が声をそろえた。

「いつからおらぬ」

刃が首に触れている男にたずねる。

「で、出入りが終わったあとだ」

「それ以後、姿を見ておらぬのか」

「そうだ」

俊介はやくざ者を見つめた。嘘をついているようには見えない。

俊介は刀を引き、鞘《さや》におさめた。

「峨太郎はいるか」

「親分になんの用でえ」

「用心棒について話を聞くだけだ」

「うまいことをいって、親分を不意打ちにする気だろう」

「そんな気はない。証に刀を預けよう。それでよかろう。早く峨太郎に会わせろ」

俊介は声に気迫をみなぎらせた。

「ちょ、ちょっと待て」

一人が額に汗をにじませた。きびすを返すや、奥へと駆けていく。

俊介は座敷に通された。刀を預けるようなことにはならなかった。

俊介は親分の峨太郎と向かい合った。

八十人からの子分を率いるだけに、でっぷりとした体からは自然に迫力があらわれ出ている。いぼ蛙《がえる》のような顔つきをしており、目が眠っているように細いが、油断ない光がまぶたのあいだから漏れている。腹は山のように盛り上がっているが、身ごなしは意外に俊敏そうに見えるから不思議なものだ。年は六十前後なのだろうが、常に気を張っていることもあるのか、少し若く見える。

「お一人ですかい」

しわがれた声できいてきた。

「見ての通りだ」

影のように常に一緒にいた辰之助はもういない。そのことを俊介は思い知らされた気分だ。だが、その思いは決して外には出すことはない。

くつくつと峨太郎が腹を揺らして笑う。

「一人で来るなんざ、よい度胸ですね」

「おまえたちなど怖くはない。度胸など要らぬ」

「ほう、いってくれますなあ。確かに、子分たちをこてんぱんにのした戦いぶりからすれば、それも当然でしょうがね」

「用心棒はどこだ」

俊介は鋭い声を発した。峨太郎が太い肩をすくめる。

「それがいなくなっちまったんですよ。出入りの責を取ったのか、こっぱずかしくていられなくなったのか、とにかくここ数日、姿を見せやせん」

細い目をさらに細めた。

「お侍が代わりになってくれませんか」

「無理だな」

「さいですよねえ。真田さまの跡取りがやくざ者の用心棒などできませんよねえ」

「知っていたのか」

「そりゃあもう。調べさせていただきましたよ。出入りに負けたも同然だったのは、とんでもなく強いのが昇之助の一家に三人も加わっていたからですぜ」

「とんでもなく強いのは、一人だけだ」

「あのちっこいのは、東田道場の師範代ですね。昇之助の野郎、あんな知り合いがいたとは。先生があのちっこいのにかかり切りになったせいで、うちは勝てなかった」

「あまりちっこいちっこいといっていると、叩《たた》っ斬られるぞ」

「あのちっこいの、気にしているんですかい」

俊介は答えなかった。

「用心棒の名は」

「似鳥幹之丞さまですよ」

名を聞いて、俊介は感情が高ぶった。怒りがこみ上げてくる。刀を抜き、目の前の男を両断したいという衝動がわき上がってきた。

そんな俊介を峨太郎は冷ややかに見ている。

俊介は平静に返った。似鳥という名は珍しいが、偽名などではあるまい。あれだけの腕を誇っている以上、偽名を使って逃げ隠れする必要はない。

「似鳥はどこに行った」

「さあ、わかりません」

「とぼけるのか」

「とぼけてなどいやせんよ」

「斬るぞ」

俊介は刀を引きつけた。

「脅されても知らないことは知らないとしかいえませんや」

「脅しではないかもしれぬぞ」

「ここで死ぬのなら、それも運命でしょう。あっしももう六十二。十分に長生きしました。運命には逆らいようがないことは、重々承知しております」

まったく動じない。このあたりは、ほめるしかない。この男がのし上がってきたのは、偶然ではあるまい。

俊介は刀を置いた。

「似鳥はどこの出だ」

「さあ、知りません」

「江戸の者か」

「だと思いますがね」

「どういう経緯で雇った」

「あっしが賭場にいたら、よその一家が放った刺客に襲われたんで。そこを救ってくれたのが、似鳥の旦那ですよ」

「刺客は殺したのか」

「腕の骨を折り、差し向けた者を吐かせました。それだけです。殺してはいません」

「命を下した一家のほうはどうなった」

「子分はだいぶ、うちに入りましたよ。親分は川に浮いたという噂がありやしたが、真偽ははっきりしやせん」

いぼ蛙のような顔をゆるめる。

「あっしは恩に着て、似鳥の旦那を雇ったというわけですよ」

「それだけではあるまい」

俊介は断じた。

「似鳥のような凄腕《すごうで》をよそに渡すわけにはいかなかったのだろう」

「鋭いですね。ええ、その通りでやすよ。似鳥の旦那が敵対している一家のものになったら、それだけでえらいこった」

　俊介はしばらく考えた。

「似鳥には友がいるのか」

　へっ、と峨太郎が笑う。

「いると思いやすかい」

「女は」

「いませんよ。女にうつつを抜かしてちゃ、あれだけの腕を保ち続けることなど、できやしやせんぜ。酒も同じ理由で飲みやせん。なじみにしている店もありやせんぜ。せいぜいが、ときおり、賭場近くの蕎麦屋に行くくらいじゃありやせんかい」

「似鳥の行方に心当たりはないというのだな」

「へい、さようで。――それにしても若殿」

　この男に若殿と呼ばれたくはなかった。だが、そのことを口にするのも業腹で、俊介は峨太郎を黙って見つめた。

「どうして似鳥の旦那の行方を、そんなに気になすっているんですかい」

「知りたくば自分で調べろ」

　俊介は刀を手にすっくと立ち上がった。

「もし似鳥があらわれたり、つなぎがあったりしたら、必ず俺に伝えろ」

「ええ、承知しやした」

峨太郎がしらっといった。

「さすれば、おまえを斬らずにおいてやる」

峨太郎が目を細めたが、それだけでなにもいわなかった。

俊介は廊下を歩き、広間に出た。外に出るまで子分たちの執拗《しつよう》な視線が、いつまでも絡みついてきていた。

風に吹かれ、道を歩く。新鮮な大気を胸一杯に吸えて、さすがにほっとする。

似鳥幹之丞。この男が辰之助を手にかけた。捜し出し、殺す。俊介の頭には今これしかない。

背後から足音が聞こえた。自分を目指してきているように感じた。腰を落とし、俊介は油断なく振り向いた。

すさんだ顔をした男が二間ほどまで近づいていた。俊介が振り向いたことで、ぎょっとしたが、すぐに空笑《そらわら》いをしてみせた。峨太郎一家の子分である。先ほど俊介の応対に出てきた三人のうちの一人だ。

「あの」

うしろを気にし、おびえた声を出す。

「なにか用か」

「耳寄りな話があるんですよ」

「申せ」

「小遣いをいただけませんかね」

「話の中身次第だ」

また子分がうしろを気にした。

「名はなんという」

子分が俊介に向き直る。

「喜知次《きちじ》です」

「喜知次、用件を早く言え」

「ええ、実は似鳥の旦那のことですよ」

それしかないと思っていた。ほかに今の俊介にとって耳寄りな話というものはない。

「それで」

「似鳥の旦那、実は妾《めかけ》がいるんですよ」

「まことか」

「はい、あっしは嘘は申しません」

「どうだかな」

「本当ですって。信じてくだせえ」

「おまえ、どうしてそんな話を持ってきた」

「ですから、小遣いがほしいんですよ」

喜知次が憎々しげな顔つきになる。

「昇之助一家との出入りは負けも同然の結果に終わっちまって、その噂があっという間に広がり、一家のしのぎは厳しくなってきているんですよ。あっしらには、ろくに金が回ってこねえ」

なるほど、と俊介はうなずいた。

「それで話を聞かせてくれるというのだな」

「そういうことで」

「似鳥は妾の家にいるのか」

「だと思いますよ。ほかに行き場はねえはずですから」

「おまえは妾の家を知っているのか」

喜知次が色の悪い舌で唇をなめた。

「ええ、存じていますよ。なんなら、案内することもできます」

「よし、案内せい」

「承知しました」

勇んで喜知次が先導をはじめる。

罠《わな》ではないか。なんとなくそんな思いがある。

罠だとしても、この先にはきっと似鳥幹之丞がいよう。それこそ望むところだ。

道は寺町に入った。両側はずっと寺が続く。江戸にはこういう町がけっこうある。町地にくらべ、人けがぐっと少なくなった。

まだ昼間だというのに、杖《つえ》を突いた按摩《あんま》がやってきた。笛の音色が俊介の耳を打つ。暇を持て余している富裕な僧侶は案外によい商売相手かもしれぬ、と思いつつ俊介は按摩の横を通り抜けようとした。そのとき、按摩が石につまずき、よろけた。

「大丈夫か」

俊介は横から支えた。すると、いきなり按摩の腕が伸び、俊介の首に巻きついた。按摩がするりとうしろにまわり、思い切り締めつけてきた。

この男の正体は按摩などではない。

息ができない。苦しい。目の前が一気に暗くなった。

俺を絞め殺すつもりか。

いや、この男の狙いは絞め殺すことではない。首の骨を折りにきていた。

腕に力が込められる。首が妙な方向へとねじ曲げられる。息苦しさが増した。このままでは殺られる。あと数瞬しか、首の骨は保《も》たないだろう。

俊介は身をよじって逃れようとしたが、腕ががっちりと首にはまり、もがきようがない。俊介は足を動かし、男の足を踏みつけた。それを何度も繰り返す。だが、効き目はない。

急所めがけて肘を繰り出した。しかし、これは当たらない。男が当たらない場所に体を持ってきている。

首の骨よりも、息が保たなくなってきた。苦しい。暗さを通り越して、目の前が真っ赤になっている。夕焼けが頭のなかにあるかのようだ。

こんなところで俺は死ぬのか。冗談ではない。なんとかしなければ。

辰之助、助けてくれ。

真っ赤ななかに、辰之助の顔が浮かんで見えた。目を閉じて横になっている。右の耳たぶのほくろが、やけに大きく見えた。

──耳か。

俊介は背後に右腕を伸ばした。俊介は体に残るすべての力をかき集め、右腕に込める。

必死に指で耳を探った。指が耳に触れた。男が意図を知り、顔をよけたが、俊介はその前に耳をつかんでいた。五本の指で、耳を思い切りねじ上げた。

ちぎれろ。俊介は渾身《こんしん》の力で引っ張った。

「うっ」

男からうめきが漏れ、わずかに腕がゆるんだ。体が横に動く。俊介はすかさず左肘で突きを見舞った。どす、と男のみぞおちに入ったのがわかった。男がまた、うっ、とうめきを発した。続けざまに肘を突き入れた。

男の腕から力が抜ける。その機を逃さず、俊介は軛《くびき》を一気にくぐり抜けた。いきなり楽になった喉に痛みが走り、咳《せき》が出そうになる。だが、ここはこらえなければならない。咳をして背中を丸めてしまったら、また首を絞められる。

男が飛びかかってきた。俊介は刀を抜こうとしたが、背後に気配が立ち上がったのを感じた。男に刀を浴びせていては間に合わない。その間に斬られてしまう。

俊介は横にさっとよけた。うしろから刀が振り下ろされる。俊介が今いたところを刀が猛然と通り過ぎてゆく。

俊介は振り返ろうとした。だが、その前に刀の切っ先が喉元を狙っていた。突きが繰り出されていた。

俊介はしゃがみ込んだ。刀はぎりぎりをかすめてゆく。髷《まげ》が飛ばされそうになった。身を投げるようにして飛び、地面を転がった俊介は立ち上がり、走った。敵は追いかけてくる。俊介は必死に走り、敵との距離を取った。振り返る。はっとした。

似鳥幹之丞だった。

俊介は立ち止まり、刀を構えた。捜していた男がまさかこの場にあらわれるとは思わなかった。闘志がふつふつと体にみなぎってゆく。

負けるものか。

そのとき俊介は覚った。辰之助はこの俺のために殺されたのだ。俺を狙おうとする者がおり、常に影のようについていた辰之助は邪魔でしかなかった。外堀役である辰之助を亡き者にし、俊介を裸城同然にすることが狙いだったのだ。

許さぬ。

幹之丞が轟然《ごうぜん》と突っ込んできた。

俊介は死ぬ気で突進した。自分も斬り死にするが、似鳥幹之丞も道連れにするつもりだった。

幹之丞の斬撃は鋭かった。だがそれ以上に速く俊介は懐に突っ込んでいた。死を恐れぬ者が負けるはずがない。

幹之丞の斬撃が微妙にずれた。俊介の気迫と迫力に押され、体《たい》がかすかに逃げたのだ。俊介は刀を振り上げていった。ぴっと音がした。俊介はすぐさま刀を引き戻し、次の攻撃に移ろうとした。だが、目の前に幹之丞がいない。

見ると、二間ほど離れたところに突っ立っていた。左腕から血が滴っていた。右手で刀を握り締めたまま、幹之丞は信じられぬという顔をしている。

「きさま、本当に大名の嫡男か」

もともと顔色の悪い男だが、血の気が引き、青い顔になっている。恐れているのではないか。おそらくこの男は、死を覚悟して戦ったことがないのだ。それも当然かもしれない。これだけの腕だ、常に自分が相手を見下ろす位置にいれば、死の覚悟など必要ない。

「行くぞっ」

俊介は叫び、再び突っ込んだ。頭は冷静で、幹之丞の姿はよく見えている。そこだけ光が当てられたかのように、顔ははっきり見えている。

幹之丞が顔をゆがめた。きびすを返してだっと走り出す。刀を肩に乗せて、俊介はすかさず追った。

逃がさぬ。ここであやつを逃がしたら、一生後悔しよう。辰之助にも申し訳が立たぬ。

血を滴らせつつ、走る幹之丞の背中が三間ほど前にある。かなりの出血をしていた。地面に点々と血の跡がついてゆくのだ。意外と傷は重いのではないか。一刻も早く手当をして血を止めないと、命が危ういのではないか。俊介と戦っていては、手当など望むべくもない。それで幹之丞は逃げたということか。

幹之丞はおびただしい血を失いながらも、逃げ続けている。しかも、足が思った以上に速い。あの鍛え上げられた肉体を、俊介は思い出した。あれは、相当走り込んだ証でもあるのだろう。

対して俊介は走り込んではいない。その差が出ている。息がひどく切れてきた。胸が苦しい。横腹が痛くなってきた。

幹之丞との間が徐々にひらきはじめている。このままでは見失ってしまう。だが、どうにもならない。足が重くなっている。膝が上がらなくなりつつあった。

くそう、情けないぞ。

俊介は自らを叱咤《しった》して走り続けた。だが、幹之丞との差はひらくばかりだ。今は十間ほどになっている。ときの経過とともに、その差はさらに大きくなってゆく。

とうとう二十間ばかりになってしまった。

幹之丞が角を折れた。待ち構えているかもしれぬ。警戒の心をゆるめることなく、俊介は走り込んだ。

だが、幹之丞の姿は消えていた。狭い路地になっていたが、そこにはもういなかった。

俊介は路地を駆け抜けた。通りに出る。左右を見渡す。大勢の者が行きかっている。どちらにも幹之丞の姿はない。

俊介は地面を見た。血が点々とついている。これをたどっていけばよい。

俊介は小走りになった。肩に置いた抜き身を見て、町人たちがぎょっとする。俊介は鞘におさめて、血の跡を追った。

町地が切れ、武家地になった。道の両側は広壮な武家屋敷である。

走り続けると、再び町地になった。今どのあたりにいるのか、俊介にはわからない。なんとなく、三田《みた》のあたりではないか、という気がした。

右側に町地がひらけ、家々が並んでいる。

血の跡はそちらに折れていた。俊介も角を曲がった。自信はないが、右手はおそらく芝新網町《しばしんあみちょう》ではないか。道を挟んだ町の反対側は武家屋敷が建っている。我知らず見とれるほど立派な長屋門である。

ここは、と俊介は思った。三田ならば、有馬家の上屋敷ではないか。この屋敷にあの福美という姫がいるのか。

血の跡は長屋門の前で切れていた。門の敷石に血がついている。くぐり戸の手前にも血が落ちていた。

有馬家の上屋敷に逃げ込んだとしか思えない。

だが、どうしてこの屋敷に似鳥幹之丞が入れるのか。やつは有馬家の家臣なのか。いや、そんなはずはない。有馬家に縁者がいるのか。おそらく、そういうことではないか。

俊介を見下ろしている長屋門は、がっちりと閉められている。俊介は空を見た。驚いたことに、あたりはすでに暗くなっている。太陽は没し、西の空には残照しかない。もう日暮れだとは、夢にも思わなかった。通常、大名家に限らず武家の門限は六つである。遅れると、家臣たちは外で寝なければならなくなる。

だからといって、ここであきらめるわけにはいかない。俊介はくぐり戸を叩いた。

小窓が音を立ててあく。

「なにか」

「似鳥幹之丞が逃げ込んだであろう。かの男は罪人である。引き渡してほしい」

小窓のなかの顔が左右に振られる。

「そのような者はおりませぬ」

「いや、今こちらに逃げ込んだはずだ」

「そのようなことはござらぬ」

ぴしゃりと小窓が閉じられた。

俊介は叩いた。叩き続けた。だが、応えはない。小窓は二度とあかなかった。

あきらめるものか。

俊介は門をにらみつけた。

人の気配がした。はっとして、背後に目をやった。

弥八が立っている。

「そなた、どうしてここに」

弥八がかぶりを振った。あきらめろといっているように見えた。

「冗談ではない」

俊介は吠《ほ》えた。

「俺は決してあきらめぬ」

弥八がなにもいわずに歩き出した。ほんの数歩で、濃くなってきた闇に姿が溶けた。

そこに弥八がいたのが幻に思えるほど、鮮やかな姿の消し方だった。

俺にもあれだけの技があれば、こんな屋敷などたやすく忍び込めるのに。

くそう。

俊介は唇を噛み、長屋門を見上げた。門は越えることのできない長城《ちょうじょう》のようにそびえ立っている。

四

結局、どうすることもできず、俊介は上屋敷に引き上げた。

幸貫のもとに帰宅の挨拶に向かう。

「俊介」

幸貫の前に出ると、厳しい声音《こわね》で父に名を呼ばれた。

「そなた、一人でこのこと外へ出かけたそうだな」

「はい」

幸貫が頰をふくらませ、息を吐き出した。

「れっきとした武家が一人で町を出歩くとは、なにごとであるか。そなたの身に、なにかあったらどうする」

俊介は父を見つめ返した。

「父上、すでにいろいろとありました」

正直にいった。

幸貫が眉を寄せる。

「どのようなことがあったというのだ」

俊介は手短に話した。

「似鳥幹之丞だと」

幸貫が、心当たりがあるような顔つきになった。

「ご存じなのですか」

「いや、似鳥という珍しい名字を知っているだけだ」

「お話しくださいますか」

うむ、と幸貫がうなずき、語り出す。

「似鳥というのは勘乃助《ごんのすけ》と申し、我が家《いえ》の剣術指南役だった」

なんと、と俊介は思った。真田家は武勇で鳴る家である。その勘乃助という者は、ひじょうに腕が立ったはずだ。お飾りの指南役は真田家にはいないのである。

「勘乃助はある日、人を斬って松代を逐電した。自分の想《おも》い女が他の者に取られたのを逆うらみし、その男を斬り殺したのだ」

「なんと」

「斬り殺されたのは、富裕な商人だった。妾宅《しょうたく》に押し入った勘乃助は惚《ほ》れていた女も殺し、あるだけの金を奪い、逃げ去ったのだ」

「その後、勘乃助は見つかったのですか」

「見つからなかった。江戸に逃げたのであろうと、余は江戸屋敷の者を動かし、町方にも頼んだが、見つけることはかなわなかった。あるじを殺された商家では金に飽かせて大勢の人を頼み、勘乃助を捜しまわったが、こちらも駄目だった。すべて徒労に終わった。結局、見つからずじまいだった」

幸貫が疲れたように脇息《きょうそく》にもたれる。どこか、顔色がすぐれない。今日は特に悪いような気がする。

「勘乃助には一子がいた。その子を連れて、かの男は松代を逃げたのだ」

「勤乃助の妻は」

「産後の肥立ちが悪くてな」

幹之丞がその勤乃助の一子であることは、もはや疑いの余地はない。勤乃助に厳しく鍛えられたのだろう。もともとの素質もすばらしかったのだ。幹之丞はぐんぐんと伸び、あれだけの腕を誇るに至ったのであろう。

だが、心がねじけているせいで、それ以上の伸びはなかった。だからこそ、今日、俊介はつけいる隙を見つけることができたのだ。

「俊介、明日も出かけるのか」

「はい。有馬家の上屋敷にまいります」

「似鳥幹之丞が有馬どのの屋敷に逃げ込んだとのことだが、向こうは認めておらぬといったな。だとしたら、なかなかむずかしいことよな」

「はい、それはよくわかっております」

「最もよい策は、こちらから正式に引き渡すようにいうことだ」

「はい、さように存じます。しかし父上、それは最後の手段ということでお願いいたします」

「最後の手段か。俊介、そなたはどうしても自分の力でなんとかしようというのだな」

「はい。勝手なせがれで申し訳ありませぬ」

「いや、そなたのいいようにすればよいのだ。あとは余に任せておけばよい。ところで俊介、実は縁談がまとまりそうだ、なんとも皮肉なことだが、相手はその有馬家の姫だ」

「ええっ」

俊介は腰が浮いた。静かに座り直す。

「まことでございますか」

「うむ、まことだ。福美どのという。家中では福姫さまと呼ばれているそうだ」

幸貫が脇息から離れ、腕組みをする。

「だが、このままでは縁談を進めるのはむずかしかろう」

「父上、断ってください」

俊介は間髪容いれず願った。

幸貫が目を上げた。

「よいのか」

「はい。似鳥幹之丞をかくまう有馬家と縁組みするなど、辰之助に申し訳が立ちませぬ」

「だが、有馬家と縁談を進めるようにいったのは、その辰之助だぞ」

「なんですと」

俊介は目を大きくひらいた。

「辰之助は、そなたが有馬家の姫にあこがれの気持ちを抱いていることを知っていた。だから、有馬家の姫を是非にと、余に進言してきたのだ」

そうだったのか、と俊介は納得した。だからおきみたちといるとき福姫の話になった際、軽はずみなことをおっしゃるのはいかがなものか、と辰之助は俊介をたしなめたのである。

「辰之助が、福姫さまがよいのではありませぬかと余に進言してきた。辰之助はそなたのことを本当によく思うてくれていた。俊介、その辰之助の思いをむげにできるのか」

むう、と俊介は考え込んだ。答えはいま出そうにない。うなるしかなかった。

うーん、といきなりうめき声が聞こえた。なんだ、と思って目をやると、幸貫が畳にごろりと転がったところだった。

「父上っ」

俊介はあわててにじり寄った。

「父上、どうされました」

顔をのぞき込む。目を閉じ、いびきをかいている。

卒中か。そうかもしれない。今日は人払いはされておらず、小姓《こしょう》がそばにいる。

「御典医を呼べ」

「はっ、ただいま」

小姓が飛び出していった。

「しっかりなさってください」

俊介は幸貫のそばを離れず、父の名を呼び続けた。


御典医によれば、父はやはり卒中との見立てである。安静にしているしかない。ほかに手立てはない。それで運がよければ、目をあくことがある。運が悪ければ、眠ったまままあの世に逝く。

俊介はひたすら祈った。

辰之助を失ったばかりなのに、ここで父まで死んでしまったら、俺はおかしくなってしまうのではないか。

俊介は、父が眠る隣の間で手を合わせ続けた。徹夜をしたが、眠気はまったくなかった。

見かねた家臣たちから、少し眠ったほうが、といわれたが、俊介は笑ってみせただけで、そこから動こうとはしなかった。

夜が明け、部屋のなかが少しずつ明るくなってゆく。

俊介は尿意を催した。さすがにここでするわけにはいかず、厠《かわや》に向かった。

扉をあけようとして、そばに人がいることに気づいた。

「そなたは」

「きさまからそなたに呼び方が変わったな」

弥八がにやりとする。

「また忍び込んできたのか」

「おまえさんの命が目的ではない。教えることがあってやってきた」

「ここで待っていたのか」

「一晩中な。おまえさんも人間だから、いつかはやってくるだろうとは思っていたが、考えていた以上に長かった」

「それで、なにを教えるという」

ちらりと弥八が奥を気にした。

「お父上は大丈夫か」

俊介は唇を噛み締めた。

「あまりよくない」

「元気になればよいな」

「なるさ」

弥八が俊介を見直す。

「寵臣の死から、少しは立ち直ってきたようだな」

「大きなお世話だ。早く教えろ」

「一晩中待ったんだ。少しはもったいをつけさせろ」

俊介は弥八をにらみつけた。

「似鳥幹之丞は、確かに有馬の上屋敷にいるぞ。医者に手当を受けていた。それは昨夜のことだが、俺に見られたことは、気づいていなかった」

「今もいるのか」

「いるかもしれぬ。相当の血を失ったようだから、医者には当分動かぬほうがよいといわれていた」

「どうして有馬家がやつをかくまったかは、わかるのか」

「ああ」

弥八が深くうなずく。

「似鳥幹之丞は、有馬家の剣術指南役として仕官が決まったのだ」

「やつが剣術指南役……」

俊介にはとても信じられなかったが、弥八のいうことだ、真実なのだろう。

「そうか。礼を申す。だが、どうして俺に教える。命を狙っていたではないか」

「まだ殺したいという気持ちは残っている。恩人の拓造さんの仇を討たねばという気持ちだ。拓造さんが死んだから、妹のおさちちゃんも死んだ。俺は惚れていたんだ。死なれたとき、すべてを失ったような気分になった」

下を向き、弥八が言葉を切る。

「おさちちゃんの墓前に仇を報ずることを誓った。だがおさちちゃんには申し訳ないが、その気持ちもだいぶ薄れてきた。それになにより、おまえさんはいい男だ。生かしておいたほうが、この世のためになりそうだ。死んでいいやつ、死んでほしいやつはいくらでもいる。数少ないいい男を殺してしまうなど、あまりにもったいない」

弥八がふっと横に動いた。次の瞬間、姿が消えていた。

俊介はまたも瞠目《どうもく》させられた。

何者だろう。本当に忍びの末裔《まつえい》かなにかではないのか。

俊介は父の眠る部屋の隣に戻った。御典医の一人に容体をきいたが、変わりはない。おそらく数日のあいだは目を覚まさないのではないかということだ。

その間、水をさじでやることになるそうである。食物は喉を通らないから、仕方がないのだという。

俊介は離れに向かって歩いた。父のそばは離れがたかったが、近くにいてもできることはなにもない。

俊介は着替えをし、外に出た。

「若殿」

伝兵衛が前に立ちふさがった。厳しい顔つきをしている。

「伝兵衛、ここでなにをしておる」

「若殿をお待ちしておりもうした」

「止めるのか」

「まさか。それがしが若殿のお供、つかまつる」

「わかった。伝兵衛、ついてきてくれ」

俊介は歩き出した。伝兵衛が背後にしたがう。

「若殿」

すぐに呼びかけてきた。

「少しゆっくりと歩いていただけませぬか。ついてゆくのが大儀にござる」

「ついてこられぬなら、置いてゆく」

「そんな殺生な」

俊介はずんずんと歩き進んだ。

また三田にやってきた。

有馬家の門はあいていた。門衛がいる。俊介は一礼し、横を通り抜けようとした。

「お待ちあれ」

門衛に止められた。

「どちらのお方でござろう」

俊介はどうすべきか迷った。堂々と名乗るべきなのだろうが、いろいろと障りが出てくるのは避けたい気持ちがある。

奥から敷石を踏んで、女乗物が門のところにやってきた。俊介は目をみはった。見慣れた乗物である。主は紛れもなく福美姫であろう。

「止まりなさい」

女の声がし、乗物が俊介の前に静かに置かれた。すでに引き戸はあいており、女が顔をのぞかせた。

「またお目にかかりましたね」

俊介を見て、にこりと笑う。

「はい」

「なにかあったのでございますか。お顔の色がこれまでとちがいます」

「はい、ございました」

ただし、俊介に告げる気はなかった。

「そのために当家にいらっしゃったのでございますか」

「さようにございます。人捜しにございます」

「どなたを捜しておられるのですか」

「似鳥幹之丞という者でございます」

「竹之進《たけのしん》」

姫に呼ばれた家臣が乗物に素早く寄り、ひざまずく。

「似鳥幹之丞という者が当家におりますか」

竹之進という侍が首をひねる。

「最近、剣術指南役として登用された者が、そのような名であった覚えがございます」

「この屋敷におるのか」

竹之進が思い出そうとする。

「昨夜、見かけました」

「その者をここに連れてきなさい」

「承知いたしました」

竹之進は二人の家士を連れて、奥に去った。

「お待たせしてすみませぬ」

姫が乗物のなかで謝る。

「いや、こちらこそお出かけのところ、お手間をかけさせて申し訳ない」

「いえ、よいのです」

姫が乗物から出てきた。静かに俊介の前に立つ。よい香りが鼻先をくすぐる。顔を近づけ、ささやくように俊介に告げた。

「親しいお旗本の奥方に、踊りを見に来るようにいわれているのです。踊りは好きですけど、今日のお旗本の踊りは、私の好みではありませぬ」

さようでございますか、と俊介は顎を引き、静かにきいた。

「あの、姫。お名は」

「あら、ご存じではありませんでしたか」

にこやかに笑って、姫が軽く息を吸った。

「私は良美《よしみ》と申します」

俊介は衝撃を受けた。

「あの、こちらには福姫さまというお方がいらっしゃるはずです」

「はい、私の姉です」

「姉……」

俊介は声を失った。

「あの、どうかされましたか」

優しい声が頭に入り込む。

「いえ、なんでもありませぬ」

そこに竹之進が戻ってきた。二人の家士がうしろについている。一礼し、良美のそばに寄った。

「似鳥幹之丞どのは、どこにもいらっしゃいませぬ」

「どこへ行ったの」

良美が小首をかしげてきく。

「夜明け前、屋敷を発《た》ち、国元へ向かったそうでございます」

なんだと。俊介は顔色を変え、西の空を見やった。やつはどのあたりにいるのか。

夜明け前なら七つという頃おいか。今は五つをすぎたくらいだろう。

幹之丞なら、二刻あれば四里は行くだろう。それでもいま江戸を出れば、追いつけぬ距離ではない。

とにかく、こうしてはいられない。

俺には使命がある。俺は辰之助の仇を報じなければならぬ。それに加え、誰が自分を殺そうとしているのか、そのことも明かさなければならぬ。

五

傷が痛い。

手が熱を持ち、ずきずきする。

血は止まったが、体がふらふらする。

血を流しすぎたのだ。

くそう。似鳥幹之丞ともあろう者が、こんなへまを犯すとは。

顔をゆがめた。向こうから来た旅人が驚きの表情を刻み、足早に遠ざかってゆく。

とにかく油断しすぎた。真田の若殿を見くびっていた。離れに忍び込んだときに殺せばよかったか。だが、あの勘の鋭さでは、やはり無理だったか。

だが、今度は決して油断せぬ。

必ず殺す。

こちらの目論見《もくろみ》通り、やつは必ず追いかけてくるはずだ。家臣のために若殿が仇討旅に出るなどあり得ぬが、やつはふつうの物差では計れない。

そういう性分なのだ。無鉄砲を平気でやる。

有馬家の領地がある筑後久留米まで、道中は長い。

真田家国家老の大岡勘解由の手で、八人の刺客が順次、送り込まれてくる。果たして俊介はその八人すべてを倒せるかどうか。

幹之丞はそのすべての勝負を、目に焼きつけるつもりでいる。そして、やつの弱みを見つけ、そこを突くのだ。

幹之丞は歩を運びつつ、にやりとほくそ笑んだ。

傷の痛みはそのあいだ、忘れていられた。

六

幸貫が目を覚ました。

その知らせを受けて、俊介は急ぎ父の間に足を運んだ。

布団に横たわった幸貫が、俊介に目をとめる。震える手で人払いをした。小姓だけでなく、御典医も外に出した。

俊介は枕元に正座した。

「旅に出るのか」

唐突にいわれ、俊介は驚いた。自分の格好を見下ろす。まだ旅姿はしていない。離れでの旅支度は、途中までしか進んでいない。

「どうしておわかりなのです」

俊介にごまかすつもりはなかった。

「夢を見たのだ」

「夢でございますか」

「うむ、そなたが旅支度をしている夢だ。余はそなたのそばにいて、様子を眺めていた。そなたは振り分け荷物に、いろいろな物を詰めていた」

本当に幸貫がそばにいたのではないかと思いたくなるような夢だ。俊介はまさにそうしていたのである。

「話をしたくて余はそなたに呼びかけた。そうしたら目が覚めた。俊介、一人で行くのか」

「そういうことになりましょう」

幸貫が深い色をした瞳で、俊介を見つめる。

「似鳥幹之丞が江戸を出たのだな」

「はっ。筑後久留米を目指しているようでございます」

「ほう、久留米か。これも因縁かな。それにしても、筑後とはまた遠いの」

幸貫が瞑目する。

「父上、追いかけてもよろしいでしょうか」

目をあけ、幸貫が苦笑いする。

「行くなと申しても行くであろう。だが、大名の嫡男は在府していなければならぬ。公儀に露見せぬようにせねばならぬぞ。俊介、わかっておるか」

「はい、承知の上でございます」

「俊介」

「はっ」

「家臣を連れてゆけ」

俊介は黙り込んだ。

「連れてゆくのはいやか」

「できれば一人で行きたいと思っています」

「ならば、せめて伝兵衛を連れてゆけ」

俊介は苦笑せざるを得なかった。

「足手まといです」

「そういうな。あの男、ここしばらく楽を覚え、ろくに歩いておらぬからあのように足腰が萎《な》えはじめたのだ。九州まで行けば、足腰に強靱《きょうじん》さが宿り、昔のような強さを取り戻せよう。俊介、連れてゆけ。伝兵衛のためでもある」

俊介は頭を下げた。

「承知いたしました」

俊介は幸貫を見つめた。

「しかし父上、それがしが足手まといであると判断したときには、戻ってもらうことになりますが、それでよろしいでしょうか」

幸貫が笑う。力ない笑みで、俊介は胸が痛んだ。この父を本当に置いていってよいものか。

「それでよい」

幸貫がまた目を閉じた。

「父上、お疲れでございますか」

「少しな」

「では、父上、それがし、辰之助の仇を報ずるため、これより筑後久留米に向かいます」

「うむ、行ってこい」

幸貫が深くうなずいた。再び目をあけ、俊介をじっと見る。

「ただし、俊介、長くは駄目ぞ。余はもはや寿命がきている」

「えっ、そのようなことはありませぬ」

「いや、それがあるのだ。自分の体ゆえ、よくわかる。俊介、待つのは三月《みつき》が限度だ。

それ以上、がんばれそうにない。三月のあいだに戻ってきてくれ」

「三月……」

「そなたの不在が公儀に知られずにいるのも、そのくらいが限度だろう。俊介、よいか、三月だ」

俊介は大きく顎を引いた。

「承知いたしました」

「うむ、俊介、待っておる。必ず戻ってくれよ。ああ、それから路銀だが、そなたは持っておらぬだろう。そこの小箪笥《こだんす》の引出しをあけよ。二十五両の包み金が二つ入っている」

「えっ、しかし」

「よいのだ。その金は余が家督を継ぐ前に、貯《た》め込んでおいたものだ。いつか使う日がくるものと思うていたが、俊介、そなたが使うがよい。使ってもらえば、その金も喜ぼう。箪笥にいるのも飽き飽きのはずゆえな」

俊介はありがたくいただいた。路銀がなくては、似鳥幹之丞を追うことはできない。

俊介が二つの小判の包みを大事に懐にしまいこむのを見て、幸貫が安堵《あんど》したように眠りについた。

俊介は御典医を呼んだ。御典医が幸貫の脈を診る。目の様子も診た。うんうんと安堵したように顎を何度も動かす。

「これならば、二度と昏睡《こんすい》されるようなことはございますまい」

「それはよかった」

俊介は喜びをあらわにした。

父上のことをよろしく頼む。俊介は心で告げて、部屋をあとにした。

離れに戻り、素早く旅支度をととのえる。

父との約束を破ることは胸が痛かったが、俊介には伝兵衛を連れてゆく気はなかった。一刻も早く幹之丞に追いつかなければならない。伝兵衛はやはり足手まといである。

振り分け荷物を担ぎ、俊介は離れを出た。門には向かわず、庭を突っ切った。門を抜けては大勢の家臣の目に触れよう。

塀に突き当たる。振り分け荷物を塀に載せ、俊介は登った。

眼下の道に人けはない。俊介は飛び降りた。振り分け荷物を担ぎ、足早に歩きはじめる。

刻限は四つ半というところか。昼まであと半刻という頃おいだろう。

幹之丞との差は二刻から三刻半に広がったが、このくらいなら、すぐに縮められよう。

なにしろ、幹之丞は傷を負い、おびただしい血を流した。いくら頑健といっても、あまり早くは歩けまい。

さほどのときをかけることなく、追いつけるにちがいない。

そういえば、と俊介は思い出した。辰之助から簪代など借りた金を返さずじまいだった。辰之助だって決して裕福といえなかったのに、笑顔で貸してくれた。そんなことを考えたら、またもじわっと涙が出てきた。

だが、もう泣くのはこれで最後だ。次に涙を流すのは本懐を遂げたときである。

「若殿」

横合いから呼ばれた。

見ると、男の子のような小柄な影が立っていた。

「仁八郎ではないか」

東田道場の師範代の皆川仁八郎である。仁八郎も旅姿をしている。

「そなた、旅に出るのか」

「ええ、さようです」

「どこに行くのだ」

「筑後久留米です」

「なんだと」

「若殿の供ですよ」

俊介はあっけにとられた。

「どうしてそなたが知っている」

「遣い手の勘ですよ」

仁八郎がにこりと笑う。

「というのは冗談です。知らされたのです」

「誰に」

「弥八という人ですよ。若殿が筑後久留米に赴くから、警固をしてほしいと頼まれたのです。路銀の心配はいらんといわれて、取る物も取りあえず、屋敷を出てきました。旗本三百石の三男ですから、身軽なものですよ」

あの男、と俊介は弥八の風貌を思い描いた。味な真似をしてくれる。

「仁八郎が一緒に来てくれるのか」

俊介は大きく息をついた。

「ありがたし。千人力というのは、まさにこういうことをいうのであろう」

「そんなに喜んでいただけると、それがしもうれしいですよ」

「家のほうは大丈夫なのか」

俊介は一応きいた。

「両親には告げてまいりました。若殿のためならば、命を捨てる覚悟で行ってまいれと父上にいわれました」

これ以上ないほど、心強い言葉である。

二人は歩きはじめた。

「若殿、似鳥はどちらを使って久留米を目指しているのですか」

「それは中山道《なかせんどう》、東海道、どちらの街道をいま歩いているのか、きいているのだな」

俊介は前を向いた。

「俺は中山道だと思う。東海道は川留めがある。やつにとってはそれが怖いはずだ」

なるほど、と仁八郎が相槌を打つ。二人はまず、中山道の第一の宿場である板橋《いたばし》宿《しゅく》を目指した。

途中、とぼとぼとこちらに歩いてくる女の子を見つけた。

「おきみではないか」

声をかけると、おきみが駆け寄ってきた。

「おじさん」

俊介にすがりつく。おきみは泣いている。

「どうした、おきみ」

「おっかさんが倒れちゃったの」

「なに」

俊介はおきみの顔をのぞき込んだ。

「容体は」

「いまお医者さまのところにいるの。眠っているわ」

「どうして倒れた」

「肝の臓と腎の臓が悪いらしいの。それで困ったことがあれば俺を頼れっておじさんがいってくれたから……」

真田家の上屋敷を目指していたのだろう。

「おじさん、旅に出るの」

「うむ、そうだ」

「どこに行くの」

「九州だ」

おきみが顔を輝かせた。

「長崎があるところね」

「ああ、そうだ。よく知っているな」

「お医者さまが教えてくれたの。長崎ならば、おっかさんに効くよい薬があるって」

「なんという薬だ」

「芽銘桂真散《がめいけいしんさん》という唐渡りの薬だそうよ」

「長崎でしか手に入らぬのか」

「ううん、頼めば江戸でも手に入るらしいけど、すごく時間がかかるんだって。取り寄せるのに半年はかかるの」

「それは長いな」

「そのあいだにおっかさん、死んじゃうよ」

おきみがいきなり土下座したから、俊介は驚いた。仁八郎も目をみはっている。

「おじさん、私を長崎に連れてってって」

「なんだと」

俊介は首を振った。

「それは無理だ」

「どうして」

「長崎には行かぬ」

「近くまで連れていってくれれば、あとはなんとかするわ。向こうには親類もいるし」

「親類がいるからといって、なんとかなるものではないぞ。それにおきみ、薬の代はどうする」

「私が一所懸命働いて、必ず返すわ」

「いくらだ、その芽銘桂真散というのは」

「三十両だそうよ」

「すごいな、それは」

「おじさん、こんなことをいいたくないけど、困ったときは頼れっていったのは嘘なの」

「嘘ではない」

俊介は困惑せざるを得なかった。

「どうすればよい」

仁八郎を武家屋敷の塀際に連れてゆき、たずねた。

「やはり、こんなに幼い子を連れてゆくわけにはいきませぬ。九州はあまりに遠い」

その通りだな、と俊介は思った。

「おきみ」

歩み寄った俊介はかがみ込み、同じ高さになった。

「薬は俺が買ってこよう。長崎には必ず寄るゆえ」

「私も行きたい」

「無茶をいうな」

俊介は言い聞かせた。

「そなたはおっかさんのそばについていてやれ。そなたがいなければ、おっかさんは悲しむぞ。治る病も治らなくなる」

おきみが残念そうにうなだれる。

「芽銘桂真散は必ず買ってくる。おきみ、それまで待っていてくれ」

俊介はおきみに別れを告げた。仁八郎とともに歩き出す。

「ついてきていますよ」

しばらくして仁八郎がいった。俊介はうしろを振り返った。

確かに、一町ほどうしろにおきみの小さな影が見えている。

「撒《ま》くぞ」

俊介は走りはじめた。仁八郎がついてくる。だが、おきみもしっかりついてくる。引き離せない。

「あの子、足が速いですよ」

いわれて、俊介はその場に立ち止まった。見ると、おきみも足を止めていた。

「若殿、あの様子ではずっとついてきますよ。もうだいぶ家から離れてしまったでしょうから、もはや連れてゆくしかないのではありませぬか」

俊介は顔をしかめた。

「なんということだ」

仁八郎に目をやる。

「母親はおはまというのだが、文を書くしかないな」

「それがよろしいでしょう。若殿が一緒なら、そのおはまという母親も安心でしょう。文を書いていただければ、それがしがこれよりひとっ走りして、おきみちゃんの母親のもとに届けてまいります」

「しかし、仁八郎もいったばかりだが、もうだいぶ遠くまで来たぞ」

「久留米までの距離を思えば、おきみちゃんの家へ行くことなど、たいしたことはありませぬ」

「そうか、わかった」

俊介は、おきみに向かって手を振った。その意味を解したおきみが駆け寄ってきた。

「おじさん、ありがとう」

おきみが息を弾ませてぺこりと頭を下げる。

「連れていってくれるのね」

「ああ、根負けした」

目に入った茶店に腰かけ、俊介は矢立を取り出した。文を書きはじめる。

書き上げた文を仁八郎に託す。仁八郎はにこりとし、すぐに追いつきますといって、いま来た道を足早に戻りはじめた。

立ち上がって仁八郎を見送っていた俊介だったが、そのとき信じられないものを目にした。

仁八郎と入れちがうように伝兵衛が、よたよたと走り寄ってきたのである。

「若殿、わしを置いてゆくとは、なにごとでござるか」

俊介を認めた伝兵衛がしわがれ声で叫ぶ。

茶代の払いをすませた俊介は首を振って歩き出した。

辰之助の仇討旅だというのに、伝兵衛までついてきてしまうなど、先が思いやられる。この先、いったいどんなことが待っているのか。

とにかく俺ががんばるしかない。

俊介は悲壮な決意を固めた。

似鳥幹之丞を討ち、薬を手に入れて一刻も早く江戸へ戻るのだ。父も待っている。

俊介たちのうしろには、もう一人ついてきていた。

弥八である。

そのことに俊介はいまだ気づいていない。

小学館文庫
好評既刊

勘定侍 柳生真剣勝負〈一〉
召喚

上田秀人

ISBN978-4-09-406743-9

大坂一と言われる唐物問屋淡海《おうみ》屋の孫・一夜は、突然現れた柳生家の者に御家を救えと、無理やり召し出された。ことは、惣目付《そうめつけ》の柳生宗矩《むねのり》が老中・堀田加賀守《かがのかみ》より伝えられた、四千石の加増にはじまる。本禄と合わせて一万石、晴れて大名となった柳生家。が、大名を監察する惣目付が大名になっては都合が悪い。案の定、宗矩は役目を解かれ、監察される側に立たされてしまう。惣目付時代に買った恨みから、難癖をつけられぬよう宗矩が考えた秘策が一夜だったのだ。しかしなぜ召し出すのが商人なのか？　廻国中の柳生十兵衛も呼び戻されて。風雲急を告げる第一弾！

小学館文庫
好評既刊

死ぬがよく候〈一〉月

坂岡 真

ISBN978-4-09-406644-9

さる由縁《ゆえん》で旅に出た伊坂八郎兵衛は、京の都で命尽きかけていた。「南町の虎」と恐れられた元隠密廻り同心も、さすがに空腹と風雪には耐え切れず、ついに破《や》れ寺《でら》を頼り、草鞋《わらじ》を脱いだ。冷えた粗菜にありついたまではよかったが、胡散臭《うさんくさ》い住職に恩を着せられ、盗まれた本尊を奪い返さねばならぬ羽目に。自棄《やけ》になって島原の廓《くるわ》に繰り出すと、なんと江戸で別れた許嫁《いいなずけ》と瓜二つの、葛葉《くずのは》なる端女郎《はしじょろう》が。一夜の情を交わした翌朝、盗人どもを両断すべく、一条戻橋《いちじょうもどりばし》へ向かった八郎兵衛を待ち受けていたのは……。立身《たつみ》流の秘剣・豪撃《こわうち》が悪党を乱れ斬る、剣豪放浪記第一弾！

小学館文庫
好評既刊

浄瑠璃長屋春秋記 照り柿

藤原緋沙子

ISBN978-4-09-406744-6

三年前に失踪した妻・志野を探すため、弟の万之助に家督を譲り、陸奥国平山藩から江戸へ出てきた青柳新八郎。今では浪人となって、独りで住む裏店に『よろず相談承り』の看板をさげ、身過ぎ世過ぎをしている。今日も米櫃《こめびつ》の底に残るわずかな米を見て、溜め息を吐いていると、ガマの油売り・八雲多聞がやって来た。地回りに難癖をつけられていたところを救ってもらった縁で、評判の巫女占い師・おれんの用心棒仕事を紹介するという。なんでも、占いに欠かせぬ亀を盗まれたうえ、脅しの文まで投げ入れられたらしい。悲喜こもごもの人間模様が織りなす、珠玉の第一弾。

小学館文庫
好評既刊

姉上は麗しの名医

馳月基矢

ISBN978-4-09-406761-3

老師範の代わりに、少年たちへ剣を指南している瓜生清太郎は稽古の後、小間物問屋の息子・直二から「最近、犬がたくさん死んでる。たぶん毒を食べさせられた」と耳にする。一方、定廻り同心の藤代彦馬がいま携わっているのは、医者が毒を誤飲した死亡事件。その経緯から不審を覚えた彦馬は、腕の立つ女医者の真澄に知恵を借りるべく、清太郎の家にやって来た。真澄は、清太郎自慢の姉なのだ。薬絡みの事件に、「わたしも力になりたい」と、周りの制止も聞かず、ひとりで探索に乗り出す真澄。しかし、行方不明になって……。あぶない相棒が江戸の町で大暴れする！

小学館文庫
好評既刊

徒目付 情理の探索
純白の死

青木主水

ISBN978-4-09-406785-9

上司である公儀目付の影山平太郎から命を受けた、徒目付《かちめつけ》の望月丈ノ介は、さっそく相方の福原伊織へ報告するため、組屋敷へ向かった。二人一組で役目を遂行するのが徒目付なのだ。正義感にあふれ、剣術をよく遣う丈ノ介と、かたや身体は弱いが、推理と洞察の力は天下一品の伊織。ふたりは影山の「小普請《こぶしん》組前川左近の新番組頭への登用が内定した。ついては行状を調べよ」との言に、まずは聞き込みからはじめる。すぐに左近が文武両道の武士と知れたはいいが、双子の弟で、勘当された右近の存在を耳にし――。最後に、大どんでん返しが待ち受ける、本格派の捕物帳！

―本書のプロフィール―

本書は、二〇一二年二月に徳間文庫から刊行された同名作品を、加筆・改稿して文庫化したものです。

小学館文庫

若殿《わかとの》八方《はっぽう》破《やぶ》れ（一）

著者　鈴木英治《すずきえいじ》

二〇二〇年九月十三日　初版第一刷発行

発行人　飯田昌宏
発行所　株式会社　小学館
〒一〇一-八〇〇一
東京都千代田区一ツ橋二-三-一
電話　編集〇三-三二三〇-五九五九
　　　販売〇三-五二八一-三五五五
印刷所――――中央精版印刷株式会社

この文庫の詳しい内容はインターネットで24時間ご覧になれます。
小学館公式ホームページ　https://www.shogakukan.co.jp

ISBN978-4-09-406818-4

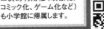